U0063669

Collins

175 YEARS OF DICTIONARY PUBLISHING

易學易記

英語拼寫

English Spelling

商務印書館

© HarperCollins Publishers Ltd (2010)
© in the Chinese material CPHK (2012)

Collins Easy Learning: English Spelling

Editorial staff
Written by: Ian Brookes
Editor: Lisa Sutherland
For the publisher: Lucy Cooper Kerry Ferguson Elaine Higgleton

Collins 易學易記英語拼寫

作　　者：Lan Brookes

譯　　者：李天心　鍾慧元

責任編輯：黃家麗　王俊榮

封面設計：張　　毅

出　　版：商務印書館 (香港) 有限公司

　　　　　香港筲箕灣耀興道 3 號東滙廣場 8 樓

　　　　　http://www.commercialpress.com.hk

發　　行：香港聯合書刊物流有限公司

　　　　　香港新界荃灣德士古道 220-248 號荃灣工業中心 16 樓

印　　刷：中華商務彩色印刷有限公司

　　　　　香港新界大埔汀麗路 36 號中華商務印刷大廈 14 字樓

版　　次：2021 年 5 月第 1 版第 3 次印刷

　　　　　©2012 商務印書館 (香港) 有限公司

　　　　　ISBN 978 962 07 1961 5

　　　　　Printed in Hong Kong

　　　　　版權所有　不得翻印

Contents 目錄

Section 4　**Spelling rules**

Publisher's note 出版説明

〈Collins 易學易記〉系列題材廣泛,內容涵蓋英語學習的重要知識範疇,包括英語拼寫、標點符號、常用詞彙、慣用語、語法用法、實用會話、英語寫作等各方面。

英語版 Easy Learning 系列由 HarperCollins 出版,一年內即售出超過兩百萬冊,深受讀者歡迎。中文版〈易學易記〉系列由 HarperCollins 授權商務印書館出版。兩家出版社都有超過一百年的詞典出版歷史,堪稱語言工具書界的權威。

系列內各書使用的英語實例全部來自 Collins 語料庫,權威、可靠、實用。Collins 語料庫每月更新,目前規模已達 40 億詞,充分反映現代英語的真實用法。

"易學、易記、易明",文字簡潔,編排清晰,使用方便,是為特點。我們衷心希望,本系列能為初中級英語程度的讀者提供簡易有效的學習方法。

商務印書館 (香港) 有限公司
編輯出版部

Introduction 前言

　　《Collins 易學易記英語拼寫》幫助英語學習者掌握英語拼寫規則，提高英語寫作能力。本書以簡潔文字及實例，解釋英語拼寫的主要特點，並針對難拼英語單詞提供切實可行的學習方法。

　　本書由淺入深，先解釋字母及字母組合與讀音對應的一般規則，然後說明字母和讀音不對應的例外情況，並解釋如何推測英語單詞的拼寫形式。書後處理容易拼錯的疑難詞，指導學習者避免犯錯。索引收錄書中出現的常用詞及疑難詞，遇到拼寫疑問，可通過索引快速查閱正文的解說文字及記憶竅門。

　　英語拼寫看來雜亂無章，如 choir, colonel, laugh, yacht 等的拼寫形式與讀音沒有密切關係。不過，英語拼寫是有規則可循的，只要掌握本書的拼寫規則，想成為拼寫高手並非遙不可及的事。

Ian Brookes

The basics of spelling 拼寫的基礎知識

英語拼寫，就是排列字母組成單字。大部分的英文字，只有一個公認的正確拼寫。拼寫正確才可準確表達意思，相反，拼錯英文字會引起誤會，也會在讀者心中留下不良印象。

英文字母系統

英語拼寫系統中，共有二十六個字母。

a b c d e f g h i j k l m n o p q r s t u v w x y z

每個字母均有對應的大寫，適用於每句開頭或某人名字的第一個字母。

A B C D E F G H I J K L M N O P Q R S T U V W X Y Z

這二十六個字母中，有五個是元音字母（**a, e, i, o, u**），用以表示張口發聲的語音。

cat	*pen*	*sit*
dog	*cup*	

其餘二十一個字母則歸類為輔音字母，用以表示閉口或舌頭發聲的語音。

pea	*see*	*do*

注意 **y** 在部分單字可作元音字母，如 *sky* 和 *crypt*。

大部分單字都是結合元音字母和輔音字母組成，這是因為在各個輔音字母之間，我們通常需要張口發音。多於兩個元音字母或輔音字母的組合並不常見。

典型英文字母語音

大部分輔音字母都有固定的典型語音，在不同的單字中，輔音字母的語音一般不變。

例如，**b** 幾乎一定發出以下語音。

big	*bad*	*bee*
cab	*club*	*robin*

部分輔音字母在不同的單字中，會出現不同的語音。

例如，**c** 會出現較"強"的 **k** 語音。

cat	*cup*	*panic*

但亦有情況使用較"弱"的 **s** 語音。

city	*acid*	*place*

輔音字母組合

部分輔音字母在組合後，仍會保留其典型語音。**l**、**r** 和 **w** 會在其他輔音字母後出現。

blob	*grip*	*dwell*
clip	*prod*	*twin*

s 可在多個其他輔音字母前出現。

scan	*skip*	*slip*
smell	*snip*	*spin*
squid	*stop*	*swim*

除了在單字的字首出現，部分輔音字母的組合也會在單字的

中間或字尾出現。

doctor	*left*	*golden*
milk	*help*	*belt*
lamp	*land*	*ring*
tank	*went*	*opt*

三個輔音字母的組合並不常見，但仍有部分例子。

scrap	*split*	*extra*

典型語音組合

當其他字母與 **h** 結合時，原字母的語音將不會保留，而用新的語音。例如：

ch

chip	*chat*	*rich*

ph 的發音與 **f** 相同。

phone	*phantom*	*graph*

sh

ship	*shop*	*fish*

th

thin	*thank*	*path*

th 另有一個不同的，比較柔和的語音。

this	*that*	*with*

元音字母語音

元音字母 **a**、**e**、**i**、**o** 和 **u**，在較短的英文字中，各有典型的語音。

cat	rat	hat
men	pen	ten
bit	hit	sit
dot	lot	got
but	nut	hut

元音字母後的輔音字母，如它後面出現 **e**，該元音字母代表的短音就會變長。

date	rate	hate
scene	swede	theme
bite	mite	like
note	lone	mole
flute	rule	brute

元音字母組合

兩個元音字母組合在一起時，與原來元音字母有着完全不同的語音。

ai 的組合，會出現特別的語音。

raid	train	aim

au 的組合，會出現特別的語音。

daub	faun	haul

ea 的組合，會出現特別的語音。

read	tea	eat

當兩個 **e** 組合使用時，會出現特別的語音。其語音與 **ea** 的組合相同。

feed	tree	bee

ie 的組合，會出現特別的語音。

| tie | fried | pie |

oa 的組合，會出現特別的語音。

| road | goat | toad |

當 **oe** 組合使用時，會出現特別的語音。其語音與 **oa** 的組合相同。

| toe | hoe | woe |

oi 的組合，會出現特別的語音。

| coin | soil | oil |

當兩個 **o** 組合使用時，會出現特別的語音。

| food | moon | boot |

當兩個 **o** 組合使用時，有時候會出現較短而柔和的語音。

| good | wool | hood |

ou 的組合，會出現特別的語音。

| mouth | count | out |

當 **ue** 組合使用時，會出現特別的音，與 book 內 **oo** 的組合相同。

| true | sue | glue |

r、w 或 y 後的元音字母

在 **r**、**w** 或 **y** 後的元音字母，通常會影響元音字母的語音，而 **r**、**w** 或 **y** 的音則不變。

ar 的組合，會出現特別的語音。

| car | park | art |

當 **aw** 組合使用時，會出現特別的音，與 **au** 的組合相同。

paw	claw	straw

當 **ay** 組合使用時，會出現特別的音，與 **ai** 的組合相同。

day	stay	may

er 的組合，會出現特別的語音。

her	term	herb

當 **ew** 組合使用時，會出現特別的音，與 book 內 **oo** 的組合相同。

flew	yew	brew

當 **ir** 組合使用時，會出現特別的語音，與 **er** 的組合相同。

sir	girl	shirt

當 **or** 組合使用時，會出現特別的音，與 **au** 的組合相同。

sort	born	for

當 **ow** 組合使用時，會出現特別的音，與字母 **ou** 的組合相同。

how	growl	down

這些字母組合，與 **oe** 組合的特別語音相同。

grow	flow	own

當 **oy** 組合使用時，會出現特別的語音，與 **oi** 的組合相同。

boy	toy	joy

當 **ur** 組合使用時，會出現特別的音，與 **er** 的組合相同。

burn	turn	hurt

Why you need to work at spelling 為甚麼要學拼寫

　　假如每個英文字母只能對應一個語音，那你只需要知道每個語音與字母之間的關係，便可輕易將英文字拼寫出來。有些語言如意大利文，就是這樣，只需要知道每個語音的拼寫方法，例外情況不多。

　　然而，英文字由 44 個不同的語音組合而成，用來標示語音的英文字母卻只有 26 個。因此，部分字母可代表超過一個語音。

　　此外，英文語音也受到其他因素影響。因此，不是每個英文字都可以輕易推測它的正確拼寫。我們將在本節詳細探討這些因素。

代表多個讀音的字母

　　正如前段提及，英文的語音比字母多，部分字母因此會標示超過一個語音。

　　例如，**t** 如單獨使用，通常作以下語音。

tin	*tank*	*pat*

若與 **h** 一起使用，就會另外發出以下語音。

thin	*thank*	*path*

　　值得特別一提，部分字母不但代表多於一個語音，其語音也會與其他字母重複。例如，**g** 若單獨使用，通常發出以下較強的語音。

girl	*game*	*rug*

部分英文字的語音則較柔和，語音與 j 相同。

germ	ginger	page

同樣，s 一般的典型語音為"嘶嘶聲"，像蛇發出的聲音。

see	sit	gas

部分英文字的語音與 z 的"嗡嗡聲"相同。

has	his	pleasant

正因為部分字母代表多於一個語音，這使學習者難以即時辨認每個英文字的正確發音。

不同字母代表的讀音

此外，部分語音可透過不同的字母和組合標示。

以下各個單字的元音字母組合，其語音都是相同的，但其中每個的拼寫卻不一樣。

march	alms	clerk	heart

大部分的元音都有相同情況，請細閱下表。

aisle	guy	might	rye
paid	day	grey	neigh
bear	dare	stair	where
zoo	do	shoe	you

同樣，以下各個單字中，輔音字母組合語音相同，但拼寫不一樣。

if	graph	rough

其他輔音也有相同情況，請細閱下表。

gem	edge	jam

cap	dark	plaque
sit	centre	scene

因此，單憑聆聽發音，學習者難以即時拼出英文字。

發音相同、拼寫不同的單字

部分語音可以由不同的字母代表，兩個語音相同的單字，拼寫方式可能完全不同，很容易引起混淆。

例如，there 指 "該處"；而 their 指 "屬於他們的"。這兩個單字，語音相同但拼寫不同。同樣，stare 和 stair，前者指 "凝望"，後者則是 "樓梯"，兩字語音相同但拼寫不同。

這些同音但拼寫不同的字，很容易引起混淆，使用時不單要確保拼寫正確，更要避免誤用。

源自不同語言的英文字

英文的其中一個優良傳統，是容易接受其他語言的字詞。現代英語的出現，其實結合了兩套語言系統演化而成 — 盎格魯撒克遜語和法文。雖然這兩套語言系統的拼寫法不相同，卻為英文注入了數以千計的字詞。英文更從各個歐洲語言，如意大利文、西班牙文、德文和荷蘭文等吸收了不少外借字詞。此外，每有科學發現，科學家一般都以拉丁字和希臘字命名。

時至今日，全球通訊變得方便，英文也從其他語文，吸收不少外來字詞，包括土耳其文、阿拉伯文、印度文、中文、日文和烏爾都語。

以上各種語文系統，其拼寫和書寫的方式與英文截然不同。外借字詞一般會保留原本的拼寫排序。例如，從法文引入的英文字中，其中不少的語音近似英文的 **sh**，但正確的拼寫應

是 **ch**。

chalet	chute	chauffeur

從希臘文引入的英文，不少使用字母組合 **ph** 代替 **f**。

telephone	physical	photograph

從日文引入的英文字中，不少使用字母組合 **k** 代替 **c**。

karaoke	karate	kimono

因此，除非讀者知道該英文字來自哪一個語言系統，否則難以從語音推測正確的拼寫方式。

不發音字母

另一個容易引起混淆的情況是，有些英文字中，部分字母不發音。

不少單字原本的語音包含現在省略的部分，因為語言發展，這些單字的語音已經簡化，但拼寫形式卻一直沿用起初的排列，沒因為語音改變而拼寫不同。

例如，在 **n** 或 **m** 前的 **g**，一般不發音。

gnat	phlegm	sign

同樣，在 **g** 或 **r** 後，或在單字的字首出現的 **h**，一般不發音。

honest	ghost	rhyme

在字尾出現的 **e**，一般不發音。

have	give	love

> **注意**　在二十六個字母中，只有五個絕不會不發音，就是 **f**、**j**、**q**、**v** 和 **x**。

單雙字母的出現

除了 **h**、**q** 和 **y** 外,所有字母都可以出現雙字母的例子。

例如,**b** 在以下英文字裏是單字母的例子。

robin	*habit*	*crab*

b 卻另有雙字母的例子。

bobbin	*rabbit*	*ebb*

當出現重複的輔音字母時,其語音與單輔音字母相同。因此,單憑聆聽語音,無法正確判斷輔音字母是單字母或是雙字母。

拼寫變化

部分英文字有多個公認的正確拼寫形式。

例如,大部分以 **ise** 作為字尾的英文字,在英式英語中也可使用 **ize** 作為字尾。

specialise	*specialize*
emphasise	*emphasize*

部分從其他語言系統引進的外借單字,因兩種語言的字母系統有差異,所以英文會相對產生出多個拼寫。

veranda	*verandah*
czar	*tsar*

其他拼寫變化屬於一種語言上的偏好。

barbecue	*barbeque*(美式拼法)
judgment	*judgement*(美式拼法)

部分英文字有多個公認的正確拼寫方式,學習者必須學會其中的差異。

英式、美式英語的拼寫差異

　　最常見的拼寫變化，可見於美式英語和英式英語的差別。部分美式英語的正確拼寫，並不適用於英國（澳洲及其他英語國家也不適用）。

　　請參考下表，可了解更多美式英語和英式英語的差別。

英式英語	美式英語
aesthetic	esthetic
aluminium	aluminum
anaesthetic	anesthetic
analyse	analyze
axe	ax
behaviour	behavior
breathalyse	breathalyze
catalogue	catalog
centre	center
cheque	check
colour	color
defence	defense
favourite	favorite
fulfil	fulfill
grey	gray
instalment	installment
jewellery	jewelry
kerb	curb
litre	liter
lustre	luster
meagre	meager

英式英語	美式英語
mould	*mold*
moustache	*mustache*
odour	*odor*
plough	*plow*
programme	*program*
pyjamas	*pajamas*
sceptic	*skeptic*
theatre	*theater*
tyre	*tire*
vice	*vise*
[= woodwork tool]	

掌握英語拼寫有竅門

學習者必須花時間掌握以上因素才可確保拼寫準確。我們將於以下兩章深入介紹英語的拼寫系統，幫助你拼寫時信心十足，得心應手。

Patterns and building blocks 拼寫形式和構成部分

部分字母組合經常出現在許多不同的英文字之中。這些重複的部分，在每個字出現時，詞義通常不變。例如，字首出現字母組合 **re**，一般都指 "重複"。

這些字母組合經常出現，只要記住它的構成部分，便可省卻重複學習每個字的拼寫。一般來說，只需要將這些構成部分拼合，便可完成全個字的拼寫。因此，我們必須熟記構成部分、拼合構成部分的原則，以及構成部分的意義。

字首的構成

經常出現在字首的字母組合，就是前綴（prefix）。前綴可用於不同的字，產生新詞表達的新含義。

例如，字首加上字母組合 **un**，便可為該字加上 "非" 或 "否定" 的含義。

unnatural	unknown	unholy

我們可以注意到，前綴和字根可以分開，而字根的拼寫並不會改變。

在字首加前綴，並非每次都像以上例子這樣簡單，因為很多前綴源自拉丁字和希臘字，並非一般的英文字根。當然，我們仍需熟記經常出現的字詞構成部分及其相關含義。

前綴 **ab** 指 "遠離" 或 "非"。

abnormal	abuse	abscond

前綴 **ad** 指"向"。

address	adjust	admin

前綴 **al** 指"全部"。

altogether	always	almighty

前綴 **ante** 指"以前"。請勿誤解為 **anti** "敵對"。如果同時學懂這兩個前綴的含義，便能確保拼寫正確。

antenatal	anteroom	antecedent

前綴 **anti** 指"敵對"。請勿誤解為 **ante** "以前"。

antiwar	antisocial	antidepressant

前綴 **arch** 指"為首的"。

archbishop	archenemy	archangel

前綴 **auto** 指"自己"。

autograph	autobiography	automobile

前綴 **bene** 指"良好"或"惠及"。

benefit	benevolent	benefactor

前綴 **bi** 指"二"或"兩次"。

bicycle	bimonthly	bifocals

前綴 **circum** 指"外圍"。

circumference	circumstance	circumnavigate

前綴 **co** 指"一起"。為了讓讀者更清晰明白，前綴後有時會加上連字號。

copilot	co-star	cooperate

前綴 **con** 指 "一起"。

confer	*constellation*	*converge*

如在字首為 **l** 的單字前使用這個前綴，前綴 **con** 會改寫為 **col**。

collaborate	*collateral*	*collide*

如在字首為 **b**，**p** 或 **m** 的單字前使用這個前綴，前綴 **con** 會改寫為 **com**。

combat	*commit*	*compact*

如在字首為 **r** 的單字前使用這個前綴，前綴 **con** 會改寫為 **cor**。

correct	*correspond*	*correlation*

前綴 **contra** 指 "相反"。

contradict	*contravene*	*contraflow*

前綴 **de** 指去除或相反。

defrost	*dethrone*	*decaffeinated*

前綴 **dis** 指去除或相反。

disagree	*dishonest*	*distrust*

前綴 **en** 指 "進入"。

enrage	*enslave*	*endanger*

前綴 **ex** 指 "外面" 或 "外出"。

exit	*export*	*external*

前綴 **ex** 指 "前度"。如用作表示這個含義，前綴後有時會加

上連字號。

ex-wife	*ex-partner*	*ex-president*

前綴 **extra** 指"以外"或"外面"。

extraordinary	*extraterrestrial*	*extrasensory*

前綴 **hyper** 指"超過"或"更多"。

hyperactive	*hypercritical*	*hypermarket*

前綴 **in** 指"不"。

inhuman	*insufferable*	*incredible*

前綴 **in** 亦指"進入"或"裏面"。

infiltrate	*intake*	*ingrown*

如在字首為 **l** 的單字前使用這個前綴，前綴 **in** 會改寫為 **il**。

illiterate	*illegal*	*illogical*

如在字首為 **b**、**p** 或 **m** 的單字前使用這個前綴，前綴 **in** 會改寫為 **im**。

imbalance	*immoral*	*impossible*

● 注意　　*input* 例外。

如在字首為 **r** 的單字前使用這個前綴，前綴 **in** 會改寫為 **ir**。

irregular	*irresponsible*	*irrelevant*

前綴 **inter** 指"之間"。

international	*interwar*	*interruption*

前綴 **intra** 指"內部"。

intravenous	*intranet*	*intramural*

前綴 **macro** 指 "宏觀"。

| macroeconomics | macrobiotic | macrocosm |

前綴 **mal** 指 "不良" 或 "很差"。

| malpractice | malformed | maladministration |

前綴 **maxi** 指 "大" 或 "最大"。

| maximize | maximum | maxidress |

前綴 **micro** 指 "微觀"。

| microscope | microchip | microwave |

前綴 **mini** 指 "小"。

| miniskirt | miniseries | minibus |

前綴 **mis** 指 "錯誤" 或 "虛假"。

| misbehave | misfortune | mistake |

前綴 **non** 指 "非"。

| nonsense | nonfiction | nonstop |

前綴 **para** 指 "類旁" 或 "平衡"。

| paramedic | paramilitary | paralegal |

前綴 **post** 指 "以後"。

| postpone | postgraduate | postdated |

前綴 **pre** 指 "以前"。

| prearranged | prewar | preseason |

前綴 **pro** 指 "前方" 或 "前進"。

| prologue | proactive | provoke |

前綴 **pro** 指"支持"。如用作表示這個含義，前綴後有時會加上連字號。

| pro-choice | pro-democracy | pro-European |

前綴 **re** 指"重複"。

| rearrange | reread | reheat |

前綴 **semi** 指"一半"。

| semi-final | semitone | semi-professional |

前綴 **sub** 指"以下"。

| submarine | subsoil | subway |

前綴 **super** 指"以上"、"以外"或"非常"。

| superhuman | supermarket | superstar |

前綴 **tele** 指"遠程"。

| telegraph | television | telescope |

前綴 **trans** 指"轉化"。

| transfer | transplant | transcontinental |

前綴 **ultra** 指"以外"或"非常"。

| ultrasound | ultramodern | ultra-careful |

字尾的構成

用於字首的是前綴，經常出現在字尾的字母組合是後綴（suffix）。後綴可用於不同的英文字（一般稱為字根），產生新字表達新的含義。

例如，字根後加字母組合 **less**，便加了"沒有"的意思。

| *headless* | *childless* | *lifeless* |

很多英文字的字尾都有後綴，確實值得學習。

後綴 **able** 指"能夠"。

| *breakable* | *readable* | *enjoyable* |

注意　後綴 **able** 和 **ible** 含義相近，並常見於很多英文字。本書將詳列常用字詞的各個後綴。

後綴 **al** 指"相關的"。

| *seasonal* | *national* | *traditional* |

後綴 **ance** 指一種"狀態"或"品質"。

| *acceptance* | *defiance* | *resemblance* |

後綴 **ant** 指一個"行動"或"條件"。

| *resistant* | *tolerant* | *dormant* |

注意　後綴 **ant** 和 **ent** 含義相近，並常見於很多英文字。本書將詳列常用字詞的各個後綴。

後綴 **ary** 指"相關的"。

| *cautionary* | *revolutionary* | *documentary* |

動詞後綴 **ate** 指"將要成為"或"使達至一個狀態"。

| *hyphenate* | *elevate* | *medicate* |

後綴 **ation** 指"將要成為"或"使達至一個狀態"的行動。

| *hyphenation* | *elevation* | *medication* |

後綴 **cracy** 指"政府"。

| *democracy* | *autocracy* | *bureaucracy* |

後綴 **crat** 指 "管治"。

democrat	autocrat	bureaucrat

後綴 **dom** 指 "狀態"。

freedom	boredom	martyrdom

後綴 **ee** 指接受事物或受影響的人物角色。

interviewee	evacuee	honouree

後綴 **en** 指 "成為"。

dampen	deaden	blacken

後綴 **ence** 指一種 "狀態" 或 "品質"。

residence	abstinence	dependence

後綴 **ent** 指一個 "行動" 或 "條件"。

abstinent	resident	independent

● 注意　後綴 **ent** 和 **ant** 意義相近，並常見於很多單字。本書將詳列常用字詞的各個後綴。

後綴 **er** 指 "來自該處的人"。

villager	Northerner	Londoner

後綴 **er** 亦指 "做某項工作" 的人或機器。

driver	painter	teacher
fastener	scraper	lighter

後綴 **escent** 指 "正成為"。

adolescent	obsolescent	luminescent

後綴 **ette** 指 "細小"。

| kitchenette | cigarette | diskette |

後綴 **ful** 指 "滿載"。

| beautiful | painful | resentful |

後綴 **hood** 指 "一種正處於的狀態"。

| childhood | likelihood | priesthood |

後綴 **ian** 指 "做某種專業的人"。

| politician | magician | mathematician |

後綴 **ible** 指 "可以"。

| edible | terrible | possible |

> **注意**　後綴 **able** 和 **ible** 意義相近，並常見於很多英文字。本書將詳列常用字詞的各個後綴。

後綴 **ic** 指 "相關"。

| atomic | periodic | rhythmic |

後綴 **ification** 指一個 "行動"。

| notification | classification | clarification |

後綴 **ify** 可轉換為動詞，指進行該行動。

| notify | classify | clarify |

後綴 **ish** 指 "頗為" 或 "較為"。

| smallish | youngish | brownish |

後綴 **ish** 亦指 "相似"。

| tigerish | boyish | amateurish |

後綴 **ism** 指 "行動" 或 "條件"。

criticism	heroism	absenteeism

後綴 **ism** 亦指 "偏見"、"主義" 或 "歧視"。

sexism	racism	anti-Semitism

後綴 **ist** 指 "進行活動的人"。

motorist	soloist	artist

後綴 **ist** 指抱持一種 "偏見"、"主義" 或 "歧視" 的人。

sexist	racist	ageist

後綴 **ity** 指一種 "狀態" 或 "條件"。

reality	stupidity	continuity

後綴 **ive** 指一種 "趨向"。

explosive	active	decorative

後綴 **ize** 指一種 "改變" 或 "變成某種狀態"。以 **ize** 作字尾的英文字，在英式英語中也可用 **ise** 作字尾。

radicalize	legalize	economize
radicalise	legalise	economise

後綴 **let** 指 "細小的"。

booklet	ringlet	piglet

後綴 **like** 指 "相似"。

doglike	childlike	dreamlike

後綴 **ling** 指 "幼小"。

duckling	gosling	princeling

後綴 **ly** 指 "這個狀態的"。

| *kindly* | *friendly* | *properly* |

後綴 **ment** 指 "狀態"。

| *contentment* | *enjoyment* | *employment* |

後綴 **meter** 指 "量度"。

| *thermometer* | *barometer* | *speedometer* |

後綴 **ness** 指 "狀態" 或 "一種質素"。

| *kindness* | *blindness* | *selfishness* |

後綴 **ology** 指 "學科" 或 "科目"。

| *biology* | *sociology* | *musicology* |

後綴 **ship** 指 "狀態" 或 "身份"。

| *fellowship* | *dictatorship* | *horsemanship* |

後綴 **sion** 指 "動作" 或 "狀態"。

| *confusion* | *decision* | *explosion* |

● 注意　後綴 **sion** 和 **tion** 意義相近,並常見於很多英文字。本書將詳列常用字詞的各個後綴。

後綴 **some** 指 "趨向於"。

| *quarrelsome* | *troublesome* | *loathsome* |

後綴 **tion** 指 "行動" 或 "狀態"。

| *creation* | *production* | *calculation* |

● 注意　後綴 **sion** 和 **tion** 意義相近,並常見於很多英文字。本書將詳列常用字詞的各個後綴。

後綴 **y** 指"相似"或"滿載"。

watery	*hilly*	*snowy*

able 及 ible

後綴 **able** 和 **ible** 意義相近，並常見於很多英文字，其中以用 **able** 作後綴的字數較普遍，兩個後綴的使用容易混淆，如未能肯定正確拼寫，應翻查字典。

請參閱下表，學會用含這兩個後綴的常見字。

以 *able* 作後綴的單字	以 *ible* 作後綴的單字
adapt*able*	access*ible*
admir*able*	aud*ible*
ador*able*	cred*ible*
advis*able*	divis*ible*
agree*able*	elig*ible*
allow*able*	flex*ible*
argu*able*	gull*ible*
avail*able*	horr*ible*
cap*able*	illeg*ible*
desir*able*	inaud*ible*
dur*able*	indel*ible*
enjoy*able*	ined*ible*
envi*able*	invis*ible*
excit*able*	irresist*ible*
flamm*able*	leg*ible*
irrit*able*	neglig*ible*
lov*able*	plaus*ible*

以 *able* 作後綴的單字	以 *ible* 作後綴的單字
movable	*possible*
notable	*risible*
palatable	*sensible*
probable	*tangible*
suitable	*terrible*
tolerable	*visible*

請留意,如在一個現有的英文字後使用這個後綴,絕大部分情況下會使用 **able**。

| *adaptable* | *enjoyable* | *lovable* |

以 **able** 作後綴的形容詞,其相關的名詞將以 **ability** 作後綴。

| *capable* | *probable* | *suitable* |
| *capability* | *probability* | *suitability* |

同樣,以 **ible** 作後綴的形容詞,其相關的名詞將以 **ibility** 作後綴。

| *gullible* | *flexible* | *possible* |
| *guillibility* | *flexibility* | *possibility* |

ant 及 ent

後綴 **ant** 和 **ent** 意義相近,並常見於很多英文字。兩個後綴容易混淆,如未能肯定正確拼寫,應查字典。

請參閱下表，熟習使用這兩個後綴的常見單字。

以 *ant* 作後綴的單字	以 *ent* 作後綴的單字
abund*ant*	abs*ent*
adam*ant*	accid*ent*
arrog*ant*	adjac*ent*
assist*ant*	afflu*ent*
blat*ant*	ail*ment*
brilli*ant*	anci*ent*
buoy*ant*	appar*ent*
defi*ant*	argu*ment*
deodor*ant*	coher*ent*
domin*ant*	defici*ent*
dorm*ant*	depend*ent*
eleg*ant*	desc*ent*
emigr*ant*	effici*ent*
exuber*ant*	emin*ent*
fragr*ant*	equip*ment*
hesit*ant*	evid*ent*
ignor*ant*	flu*ent*
immigr*ant*	imple*ment*
import*ant*	leni*ent*
incess*ant*	neglig*ent*
indign*ant*	nutri*ent*
irrit*ant*	opul*ent*
migr*ant*	par*ent*
milit*ant*	pati*ent*
mut*ant*	perman*ent*
occup*ant*	preced*ent*

以 *ant* 作後綴的單字	以 *ent* 作後綴的單字
plea*sant*	presid*ent*
poign*ant*	promin*ent*
radi*ant*	pung*ent*
redund*ant*	rod*ent*
relev*ant*	sali*ent*
reluct*ant*	sil*ent*
stagn*ant*	solv*ent*
ten*ant*	strid*ent*
toler*ant*	succul*ent*
vac*ant*	suffici*ent*
vali*ant*	turbul*ent*

以 **ant** 作後綴的形容詞，其相關的名詞將以 **ance** 或 **ancy** 作後綴。

defiant	tolerant	vacant
defiance	tolerance	vacancy

同樣，以 **ent** 作後綴的形容詞，其相關的名詞將以 **ence** 或 **ency** 作後綴。

fluent	opulent	sufficient
fluency	opulence	sufficiency

sion 及 tion

後綴 **sion** 和 **tion** 意義相近，並常見於很多英文字，其中以 **tion** 作後綴的字較常見，兩個後綴容易混淆，如未能肯定正確拼寫，應查字典。

請參閱下表，熟習使用這兩個後綴的常見單字。

以 *sion* 作後綴的單字	以 *tion* 作後綴的單字
adhe*sion*	accusa*tion*
admis*sion*	ambi*tion*
cohe*sion*	assump*tion*
colli*sion*	atten*tion*
conclu*sion*	audi*tion*
confu*sion*	cau*tion*
conver*sion*	collec*tion*
deci*sion*	condi*tion*
dimen*sion*	conges*tion*
discus*sion*	decora*tion*
divi*sion*	direc*tion*
ero*sion*	dura*tion*
eva*sion*	emo*tion*
exclu*sion*	equa*tion*
excur*sion*	evolu*tion*
expan*sion*	excep*tion*
explo*sion*	fic*tion*
illu*sion*	inten*tion*
inclu*sion*	inven*tion*
inva*sion*	isola*tion*
man*sion*	loca*tion*
mis*sion*	men*tion*
occa*sion*	mo*tion*
omis*sion*	na*tion*
permis*sion*	nutri*tion*
persua*sion*	op*tion*

以 *sion* 作後綴的單字	以 *tion* 作後綴的單字
possession	*pollution*
revision	*relation*
session	*separation*
television	*solution*
tension	*tuition*
version	*vacation*

以 **sion** 作後綴的英文字，它的形容詞以 **sive** 作後綴。

expansion	*persuasion*	*permission*
expansive	*persuasive*	*permissive*

同樣，以 **tion** 作後綴的單字，其相關的形容詞將以 **tive** 作後綴。

nation	*relation*	*attention*
native	*relative*	*attentive*

動詞字尾的構成

在語言學中，有一些後綴經常用於表達動詞的各個基本形態，這些後綴稱為屈折變化後綴（inflection）。這些後綴可告訴讀者動詞的時態，以及進行這個動作的人是誰。

如於動詞後加上 **s**，即動詞屬第三身單數的現在時態，用於 "he"、"she"、"it" 或人物名稱後，表示經常進行的或當下的行動。

cheats	*cooks*	*walks*

如於動詞後加上 **ing**，即動詞屬現在分詞，表示現正進行的行動。

cheating	*cooking*	*walking*

如於動詞後加上 **ed**，即動詞屬過去時態或過去分詞，表示過去的行動。

cheated	*cooked*	*walked*

部分常用的動詞，其過去時態或過去分詞並不以 **ed** 作後綴，而採用不規則的拼寫。

bent	*spent*	*did*
gone	*done*	*fallen*

形容詞字尾的構成

形容詞的各個基本形態中，有兩個常用後綴，用於表達形容詞的比較級別。

如形容詞後加 **er**，則形容詞屬於**比較級**，指 "更"。

cleverer	*greener*	*calmer*

如形容詞後加 **est**，則形容詞屬於最高級，指 "最"。

cleverest	*greenest*	*calmest*

以上兩個後綴，只適用於兩個或少於兩個音節的字。如形容詞有三個或以上的音節，其比較級和最高級形式分別以 more 或 most 表示。

more beautiful	*more interesting*	*more loyal*
most beautiful	*most interesting*	*most loyal*

部分常用的形容詞，其比較級和最高級形式採用不規則的拼寫。

good	*better*	*best*
bad	*worse*	*worst*

名詞字尾的構成

如名詞後加 **s**，則名詞屬於複數，表示該事物多於一個。

| cats | dogs | books |

> **注意** 部分名詞的複數形式稍有差異，請參閱單元 4 拼寫規則，了解複數的拼寫原則。

附後綴英文字的拼寫方法

字尾加後綴的過程十分直接簡易，如後綴以輔音字母開始，像 **less** 和 **ship**，字根和後綴的拼寫都無需改變。

*help + **less** = helpless*

若後綴以元音字母開始，如 **ed** 和 **able**，那便需要改變字根的拼寫，第一，是按字根的字尾，或加減一個 **e**；第二，是重複字尾的輔音字母；第三，將 **y** 改成 **i**。

*cope + **ed** = coped*
*fit + **ing** = fitting*
*deny + **able** = deniable*

> **注意** 請參閱單元 4 拼寫規則，了解各種元音後綴的拼寫原則。

雙後綴

部分後綴之後可多加一個後綴。

*abuse + **ive** + **ness** = abusiveness*
*accept + **able** + **ness** = acceptableness*
*avail + **able** + **ity** = availability*
*care + **less** + **ly** = carelessly*
*commend + **able** + **ly** = commendably*

> *emotion + al + ism = emotionalism*
> *expense + ive + ly = expensively*
> *fear + less + ness = fearlessness*

希臘文和拉丁文的字根

英文有不少希臘和拉丁字根，部分仍常用於創造新字。

認識這些字根、它的拼寫方法和意義，對於閱讀寫作，以及掌握拼寫都有莫大裨益。

aer 指"空氣"，源自希臘字 *aēr*，常用於"飛機"和"航空"相關的字。

aeroplane	*aerobics*	*aerodynamics*

ambi 指"兩者皆"，源自拉丁字 *ambo*。

ambidextrous	*ambivalent*

anthrop 指"人類"，源自希臘字 *anthrōpos*。

anthropology	*philanthropist*	*lycanthropy*

aqua 指"水"，源自拉丁字。

aqualung	*aquamarine*	*aquatic*

有些情況下，**aqua** 的第二個 **a** 會改成其他元音字母。

aqueduct	*aqueous*	*aquifer*

astro 指"星"，源自希臘字 *astron*。

astronomy	*astrology*	*astronaut*

audi 指"聆聽"，源自拉丁字 *audīre*。

audience	*audition*	*auditorium*

bio 指"生命",源自希臘字 *bios*。

biology	*biography*	*biotechnology*

capt 和 **cept** 都指"取去",源自拉丁字 *capere*。

capture	*captivate*	*caption*
concept	*intercept*	*reception*

cede 指"前去",源自拉丁字 *cēdere*。

intercede	*precede*	*recede*

> ● 注意　部分語音相近的英文字,並不用這個後綴,如
> *proceed*、*succeed* 和 *supersede*。

cent 指"百",源自拉丁字 *centum*。*cent* 是很多國家的貨幣單位,面值為該國貨幣單位的一百分之一。

century	*centimetre*	*centipede*

clude 指"關閉",源自拉丁字 *claudere*。

conclude	*exclude*	*secluded*

cred 指"相信",源自拉丁字 *crēdere*。

incredible	*credit*	*credulous*

cycl 指"圓形"或"車輪",源自拉丁字 *cyclus*,這個拉丁字源自希臘字 *kuklos*。

recyclable	*cyclone*	*bicycle*

dec 指"十",源自拉丁字 *decem*。

decimal	*decibel*	*decilitre*

dict 指"說話",源自拉丁字 *dīcere*。

dictionary	*predict*	*contradict*

dom 指"房屋"，源自拉丁字 *domus*。

domestic	*domicile*	*dome*

domin 指"主宰"，源自拉丁字 *dominus*。

dominate	*domineering*	*condominium*

duce 和 **duct** 都指"帶領"，源自拉丁字 *ducere*。

introduce	*deduce*	*reduce*
aqueduct	*conductor*	*viaduct*

duo 指"二"或"兩個"，源自拉丁字。

duo	*duopoly*	*duologue*

ego 指"我"，源自拉丁字。

ego	*egotist*	*egocentric*

fact 指"製造"，源自拉丁字 *facere*。

satisfaction	*factory*	*manufacture*

fract 指"破碎"，源自拉丁字 *fractus*。

fraction	*fracture*	*infraction*

gen 指"出生"，源自希臘字 *genesis*。

gene	*genetics*	*genesis*

geo 指"土地"，源自希臘字 *gē*。

geology	*geometry*	*geography*

graph 指"書寫"，源自希臘字 *graphein*。

graphic	*autograph*	*paragraph*

gress 指"前去"，源自拉丁字 *gradī*。

| *progress* | *digression* | *aggressive* |

hydro 指"水"，源自希臘字 *hudōr*。**hydro** 也可作單字使用，指"水力發電"或"水療"。

| *hydroplane* | *hydrofoil* | *hydrotherapy* |

在某些情況下，會刪去 **hydro** 的 **o**，或改成其他元音字母。

| *hydrant* | *hydraulic* | *dehydrated* |

ject 指"拋出"，源自拉丁字 *iacere*。

| *injection* | *dejected* | *reject* |

kilo 指"一千"，源自希臘字 *chīlioi*。

| *kilometre* | *kilogram* | *kilowatt* |

manu 指"手"，源自拉丁字 *manus*。

| *manual* | *manufacture* | *amanuensis* |

milli 指"一千"，多指"一千分之一"的意思。源自拉丁字 *mille*。

| *millimetre* | *milligram* | *millipede* |

multi 指"多個"，源自拉丁字 *multus*。

| *multiplication* | *multicultural* | *multistorey* |

nov 指"新"，源自拉丁字 *novus*。

| *novelty* | *renovate* | *innovation* |

oct 指"八"，源自拉丁字 *octō*；對應的希臘字是 *oktō*。

| *octagon* | *octave* | *octet* |

paed 指"兒童"，源自希臘字 *pais*。美式英語拼為 **ped**。英式

英語中，**paed** 的語音與 seed 押韻，而美國和澳洲的語音則與 *said* 押韻。

paediatrics	*paediatrician*	*paedophile*

ped 指"腳"，源自拉丁字 *pēs*。

pedal	*pedestal*	*quadruped*

ped 也是美式英語的字根 **paed**。

pediatrics	*pediatrician*	*pedophile*

phil 指"喜愛"，源自希臘字 *philos*。

philanthropist	*philosophy*	*Anglophile*

phobia 指"恐懼"，源自希臘字 *phobos*。廣泛用於表達害怕和憎恨某些人、動物、事物、處境和活動。

claustrophobia	*agoraphobia*	*xenophobia*

phon 指"聲音"或"人聲"，源自希臘字 *phōnē*。

phonetic	*symphony*	*microphone*

photo 指"光"，源自希臘字 *phōs*。

photocopier	*photograph*	*photosensitive*

poly 指"多"，源自希臘字 *polus*。**poly** 也可作單字使用，是 *polytechnic*、*polyester* 和 *polythene* 的縮寫。

polygon	*polystyrene*	*polygamy*

port 指"攜帶"，源自拉丁字 *protāre*。

portable	*import*	*transportation*

pos 指"放置"，源自拉丁字 *positus*。

position	*impose*	*deposit*

prim 指"首位",源自拉丁字 *prīmus*。

primary	*primitive*	*prime*

quad 指"四",源自拉丁字 *quattuor*。

quadrangle	*quadruped*	*quadriceps*

scope 指"觀看",源自希臘字 *skopein*。

microscope	*telescope*	*stethoscope*

scribe 指"書寫",源自拉丁字 *scrībere*。 **script** 指"寫下來的",源自拉丁字 *scriptus*,並與 *scrībere* 相關。

scribe	*subscribe*	*describe*
script	*subscription*	*description*

sect 指"兩者皆",源自拉丁字 *secāre*。

section	*dissect*	*intersection*

sent 指"感覺",源自拉丁字 *sentīre*。

sentimental	*consent*	*dissent*

soc 指"朋友",源自拉丁字 *socius*。

social	*association*	*sociology*

son 指"發聲",源自拉丁字 *sonāre*。

sonic	*consonant*	*resonate*

stat 指"站着",源自拉丁字 *stātus*,*stātus* 源於動詞 *stāre*,指"站立"。

statue	static	status

strict 指 "收緊、拉緊"，源自拉丁字 *stringere*。

strictness	constrict	restriction

struct 指 "建造"，源自拉丁字 *struere*。

structure	destructive	construction

tact 指 "觸摸"，源自拉丁字 *tangere*。

tactile	contact	intact

terr 指 "土地"，源自拉丁字 *terra*。

terrain	Mediterranean	terrestrial

therm 指 "熱"，源自希臘字 *thermē*。

thermometer	thermal	hypothermia

tract 指 "拖拉" 或 "拖來"，源自拉丁字 *tractus*。

contract	subtraction	tractor

tri 指 "三"，源自拉丁字 *trēs*，對應的希臘字是 *treis*。

triangle	trio	triathlon

ven 指 "來臨"，源自拉丁字 *venīre*。

venue	convention	intervene

vert 指 "旋轉"，源自拉丁字 *vertere*。

divert	revert	convert

vis 指 "看見"，源自拉丁字 *vīsus*，指 "視力"，源於動詞 *vidēre*。

visual	visible	vision
visit	supervise	television

vor 指"吞吃",源自拉丁字 *vorāre*。

| *vor*acious | *carnivore* | *omnivorous* |

合成詞

不少英文字的出現,其實只是將兩個現有的單字組合使用。這是合成詞,只要將字分拆,便可輕易學會合成詞的拼寫。

> *book + shop = bookshop*
> *door + mat = doormat*
> *summer + house = summerhouse*
> *tea + pot = teapot*
> *waist + coat = waistcoat*

有些合成詞的組合比較隱晦,只要將字分拆,便可輕易學會合成詞的拼寫。

> *cup + board = cupboard*
> *hand + kerchief = handkerchief*
> *neck + lace = necklace*
> *pit + fall = pitfall*

常用典型拼寫組合

前綴、後綴和字根各有意義,需同時兼顧拼寫和意義。然而,有些字母組合雖然沒有特定意義,卻經常出現,如果能記住這些組合,將有助學習拼寫。

本節的典型拼寫組合,取自很多不同的字,語音可能出乎意料之外。這些典型拼寫組合和英文字實在值得學習。

部分字母組合在原來語言中的發音,如盎格魯撒克遜語的 **ouch** 和拉丁字的 **ign**,在引入英語之後,語音漸漸簡化,失去原本的語音。

alm 於部分英文字中與 **arm** 的語音相同。

almond	balm	calm
embalm	palm	qualm
psalm		

aught 於部分英文字中與 **ort** 的語音相同。

aught	caught	daughter
distraught	fraught	haughty
naught	naughty	onslaught
slaughter	taught	

在少數情況之下，**aught** 與 **aft** 的語音相同。

draught	laughter

很多源於希臘文的英文字，**ch** 與 **c** 或 **k** 的語音相同。

ache	anchor	bronchitis
chameleon	character	charisma
chasm	chemical	chemistry
chiropodist	chiropractor	chlorine
cholera	cholesterol	chard
choreography	chorus	christen
Christmas	chrome	chronic
monarch	ochre	psychiatry
psychology	stomach	synchronize

　　在 **ous**、**ent** 或 **al** 前的 **ci**，它的語音在部分英文字中與 **sh** 相同。原字根的字尾一般是 **c** 或 **ce**，如 **face** (**facial**), **space** (**spacious**), **commerce** (**commercial**) 等。

artificial	atrocious	audacious
capricious	commercial	crucial
deficient	delicious	efficient
facial	fallacious	ferocious
financial	gracious	judicious
malicious	official	officious
pernicious	precious	precocious
proficient	racial	social
spacious	special	sufficient
suspicious	tenacious	vivacious

ea 的語音經常與 **e** 相同。

bread	breath	deaf
dead	dread	endeavour
head	heather	heaven
heavy	lead	meadow
ready	steady	sweat
thread	treacherous	tread
treasure	wealth	weather

eau 在部分英文字中與 **ow** 的語音相同。合乎此例的字都源自法文。

beau	bureau	chateau
gateau	tableau	

在少數情況之下，**eau** 與 **ew** 的語音相同。

beautiful	beauty

eigh 的語音在部分英文字中與 **ay** 相同。

eight	freight	inveigh
neigh	neighbour	sleigh
weigh	weight	

在少數情況之下，**eigh** 的語音與 **ie** 相同。

	height

eign 的語音在部分英文字中與 **ain** 相同。

deign	*feign*	*reign*

在少數情況之下，**eign** 的語音與 **in** 相同。

foreign	*sovereign*

gue 若在字尾出現，它的語音在部分英文字中與 **g** 相同。

catalogue	*dialogue*	*epilogue*
fatigue	*harangue*	*intrigue*
league	*meringue*	*monologue*
plague	*rogue*	*synagogue*
tongue	*vague*	*vogue*

igh 的語音在部分英文字中與 **ie** 相同。

blight	*bright*	*fight*
flight	*fright*	*high*
light	*fight*	*might*
mighty	*night*	*plight*
right	*sigh*	*sight*
slight	*thigh*	*tight*

ign 的語音在部分英文字中與 **ine** 相同。

align	*assign*	*benign*
consign	*design*	*ensign*
malign	*resign*	*sign*

ough 的語音在部分英文字中經常變化。

although	borough	bough
bought	brought	cough
dough	enough	fought
nought	ought	plough
rough	sought	though
thought	through	tough
trough	wrought	

oul 的語音在部分英文字中與 **oo** 相同。

could	should	would

our 的語音在部分英文字中與 **er** 相同。

armour	behaviour	clamour
colour	demeanour	enamoured
endeavour	favour	fervour
glamour	harbour	honour
humour	labour	neighbour
parlour	rancour	rigour
tumour	vapour	vigour

ous 在幾百個英文字中與 **us** 語音相同。注意這些字全都是形容詞。

anxious	cautious	dangerous
fabulous	furious	generous
hilarious	joyous	mountainous
nervous	obvious	pious
previous	serious	zealous

que 在部分英文字中與 **c** 或 **k** 語音相同。

antique	cheque	critique

grotesque	masquerade	masque
opaque	picturesque	plaque
statuesque	technique	unique

sc 在很多英文字中與 **s** 語音相同。

abscess	acquiesce	ascent
coalesce	crescent	descent
effervescent	fascinate	irascible
obscene	oscillate	rescind
scene	scent	science
scimitar	scintillate	scissors

在元音字母前的 **sci**，在部分英文字中與 **sh** 語音相同。

| conscience | conscious | luscious |

在 **ous**、**ent** 或 **al** 前的 **ti**，它在很多英文字中與 **sh** 語音相同。

ambitious	cautious	contentious
circumstantial	essential	facetious
infectious	nutritious	partial
patient	potential	quotient
residential	spatial	substantial

ture 在很多單字中與 **cher** 語音相同。

adventure	capture	creature
culture	denture	feature
fracture	furniture	future
gesture	lecture	mixture
moisture	nature	pasture
picture	puncture	texture
torture	venture	vulture

Section 4
Spelling rules 拼寫規則

英語拼寫系統中，有一些既定的拼寫規則，界定所有或部分英文字的拼寫方法。若能掌握這些規則，拼寫時可以準確。部分規則雖然比較複雜，但只需留意以下範例，便可看到其中重複出現的規律。

以下的拼寫規則，雖然未能應用於每個英文字，但若要嘗試拼出不熟悉的英文生字，這些規則常常是十分有用的。

q 後加 u 的常見組合

眾多英語拼寫規則中，最簡單和通用的一條，就是 **q** 之後常加 **u**。

quick	*quack*	*quiet*

注意　這條拼寫規則的例外情況並不多，都是少數來自其他語言的外借字，尤其是那些來自阿拉伯文的，比如：*bruqa* 和 *Iraqi*。

j 和 v 後有元音字母

j 和 **v** 後甚少跟輔音字母，這兩個字母一般也不會出現在字尾。

如果英文字最後的字母或音節發音與 **j** 相同，它們很可能拼作 **ge** 或 **dge**。

page	*edge*	*forage*

如果英文字最後的字母或音節發音與 **v** 相同，它們很可能在 **v** 之後加上不發音的 **e**。

receive	give	love

雙輔音字母

如果一個英文字的字首是輔音字母，這字的首字母多不會重複。

● **注意** 這條拼寫規則的例外情況並不多，一般是來自其他語言的外借字，例如：*llama*。

h、j、k、q、v、w 和 x 不重複使用

輔音字母 **b**、**c**、**d**、**f**、**g**、**l**、**m**、**n**、**p**、**r**、**s**、**t** 和 **z** 在字的中間和字尾，通常都會重複。但 **h**、**j**、**k**、**q**、**v**、**w**、**x** 和 **y** 則一般不會重複。

rejoice	awake	level

● **注意** 這條拼寫規則的例外情況並不多，一般是複合詞（如 *withhold* 和 *bookkeeping*）、來自其他語言的外借字（如 *tikka*）和非正式用語（如 *savvy* 和 *bovver*）。

a、i 和 u 不在字尾出現

英文字一般不會以 **a**、**i** 和 **u** 作字尾。為避免這種情況，一般會在字尾另加其他字母。

say	tie	due

然而，這條拼寫規則有許多例外情況。而屬於例外的字，一

般指其他語言的外借字詞。

banana	ravioli	coypu

三字母定律

"實義詞" 指命名或形容動作和事物的字，最少由三個字母組成。

有些字只用於表達文法結構，不含命名或形容事物的意義，例如介詞、連詞和限定詞等，這些字無需一定有三個字母。

這條原則說明了為甚麼部分實義詞會用重複字母或加上額外的字母來拼寫。

buy	bee	inn

注意，同音的非實義詞不會加上額外字母。

by	be	in

> **注意**　這個拼寫規則有兩個重要的例外情況，就是：*do* 和 *go*。

i 在 e 前，在 c 後例外

如 i 和 e 組合發出 "**ee**" 音，i 置於 e 之前。

brief	chief	field
niece	siege	thief

如在 c 之後，e 則在 i 之前。

ceiling	deceit	receive

如 i 和 e 的組合沒有發出 "**ee**" 音，這條原則就不適用。

caffeine	protein	seize	weird

短元音字母因不發音 e 延長

在第一部分"拼寫的基礎知識"之中，元音字母 a、e、i、o、u 在短的英文字中單獨出現，發出"較短的"音。

cat	rat	hat
men	pen	ten
bit	hit	sit
dot	lot	got
but	nut	hut

這五個元音字母均有典型"較長的"音。

這適用於元音字母後另加 e，在這情況下，e 不發音。

date	rate	hate
scene	swede	theme
bite	mite	like
note	lone	mole
flute	rule	brute

如在較短的元音字母後，出現多於一個輔音字母，加 e 不會延長元音字母的發音。

lapse	cassette	gaffe

i、e 之前的 c、g 在 a、o、u 之前都是重音

c 和 g 各有一個"較輕的"和"較重的"語音。

如 c 和 g 在 a、o 和 u 之前，會發出"較重的"音。

card	cot	recur
gang	gone	gum

● 注 意　此拼寫規則的例外情況有：*margarine*。

一般來説，如 **c** 和 **g** 在 **i** 和 **e**（及 **y**）之前，會發出 "較輕的" 音。

cent	circle	cycle
gentle	giraffe	gyrate

這條拼寫規則對 **c** 有很強的規範性，**c** 很少出現例外情況，但 **g** 的例外卻不少。

gibbon	girl	get

● 注 意　　部分單字的 **g** 會後加一個不發音的 **u**，以保持 "較重的" 語音。

guess	guide	guillotine
guilty	guitar	fatigue

單字加後綴

單字為 e 字尾

很多英文字的字尾，都有不發音的 **e**。在這些單字之後，如需加上以元音字母開始的後綴，必須先刪去字尾的 **e**。

> abbreviate + ion = abbreviation
> appreciate + ive = appreciative
> desire + able = desirable
> fortune + ate = fortunate
> guide + ance = guidance
> hope + ing = hoping
> response + ible = responsible
> ventilate + ed = ventilated

字尾 **ce** 和 **ge** 是這條拼寫規則的例外。在這些單字後，如需加上以 **a**、**o** 或 **u** 開始的後綴，不刪去字尾的 **e**，以保留 "較輕的"

語音。

> *change + **able** = changeable*
> *notice + **able** = noticeable*
> *advantage + **ous** = advantageous*

在這些單字後，如需加上以 **e**、**i** 或 **y** 開始的後綴，則刪去字尾的 **e**。

> *stage + ed = staged*
> *notice + ing = noticing*
> *chance + y = chancy*

單字為 le 字尾

在形容詞後加上後綴 **ly**，便可將形容詞轉化為副詞。如字根以 **le** 作字尾，加上後綴 **ly** 前必先減去字尾的 **le**。

> *gentle + ly = gently*
> *idle + ly = idly*
> *subtle + ly = subtly*

單字為 y 字尾

有些英文字的字尾，在輔音字母後有 **y**。在這些單字後加上後綴，必先將字尾的 **y** 轉為 **i**。

> *apply + ance = appliance*
> *beauty + ful = beautiful*
> *crazy + iy = crazily*
> *happy + ness = happiness*
> *smelly + er = smellier*
> *woolly + est = woolliest*

部分較短的形容詞，若字尾是輔音字母和 **y** 的組合，如要轉化為副詞，需保留 **y**，並加上 **ly**。

> *shy + ly = shyly*

spry + *ly* = *spryly*
wry + *ly* = *wryly*

單字為 c 字尾

部分有 **c** 字尾的字,如要後加以 **i**、**e** 或 **y** 為首的後綴,需先另加 **k**,以保持"較重的"語音。

mimic + *ing* = *mimicking*
frolic + *ed* = *frolicked*
panic + *y* = *panicky*

但 *arc* 是這條拼寫規則的例外。

arc + *ing* = *arcing*
arc + *ed* = *arced*

在形容詞加後綴 **ly**,便可轉化為副詞。如該詞有 **ic** 字尾,必先另加 **al** 再加後綴 **ly**。

basic + *ly* = *basically*
genetic + *ly* = *genetically*
chronic + *ly* = *chronically*

但 *public* 是這條拼寫規則的例外。

public + *ly* = *publicly*

單字為單輔音字母字尾

單音節的字,若字尾是短元音字母加輔音字母組合,當要加上以元音字母開始的後綴時,必先重複字尾的輔音字母。

run + *ing* = *running*
pot + *ed* = *potted*
thin + *est* = *thinnest*
swim + *er* = *swimmer*

這條拼寫規則不適用於以輔音字母 **h**、**j**、**k**、**q**、**v**、**w**、**x** 和 **y** 作字尾的單字（請參閱單元 4 拼寫規則）。

> *slow* + *est* = *slowest*
> *box* + *er* = *boxer*

多音節的字，若字尾是短元音字母加輔音字母，而且重音在最後的音節，當要加上以元音字母開始的後綴時，必先重複字尾的輔音字母。

> *admit* + *ance* = *admittance*
> *begin* + *ing* = *beginning*
> *commit* + *ed* = *committed*
> *occur* + *ence* = *occurrence*

如重音並非在最後音節，這條規則就不適用，即無需重複字尾的輔音字母。

> *target* + *ed* = *targeted*
> *darken* + *ing* = *darkening*

然而，有些字的字尾，是單元音字母後加 **l** 或 **p**。如要加上以元音字母開始的後綴，必先重複字尾的 **l** 或 **p**。

> *appal* + *ing* = *appalling*
> *cancel* + *ation* = *cancellation*
> *dial* + *er* = *dialler*
> *fulfil* + *ed* = *fulfilled*
> *handicap* + *ed* = *handicapped*
> *kidnap* + *er* = *kidnapper*
> *slip* + *age* = *slippage*
> *wrap* + *ing* = *wrapping*

但 *parallel* 是這條拼寫規則的例外。

> *parallel* + *ed* = *paralleled*

單字為 our 字尾

部分英文字以 **our** 作字尾。

colour	glamour	humour

這些字加 **ant**、**ary** 和 **ous** 等後綴時，字尾的 **our** 需改成 **or**。

> colour + ant = colorant
> glamour + ous = glamorous
> humour + ous = humorous
> honour + ary = honorary

這些字加後綴 **able** 時，不會刪去 u。

> honour + able = honourable
> favour + able = favourable

複數拼寫

如要表達名詞的複數，表示數量多於一個，最常見的做法是在名詞後加 **s**。

> dog + s = dogs
> house + s = houses
> bee + s = bees
> banana + s = bananas

如要表達名詞的複數，而字尾是 **s**、**x**、**z**、**sh** 或 **ch**，則需加上 **es**。

> bus + es = buses
> kiss + es = kisses
> lens + es = lenses
> fox + es = foxes

jinx + *es* = *jinxes*
buzz +*es* = *buzzes*
rash + *es* = *rashes*
match + *es* = *matches*
ranch + *es* = *ranches*

如要表達名詞的複數，而字尾是輔音字母加 **y**，則需先將 **y** 轉為 **i**，再加上 **es**。

fairy + *es* = *fairies*
pantry + *es* = *pantries*
quality + *es* = *qualities*
spy + *es* = *spies*
story + *es* = *stories*

然而，如要表達名詞的複數，而字尾是元音字母後加 **y**，只需要加上 **s**。

boy + *s* = *boys*
day + *s* = *days*
donkey + *s* = *donkeys*
guy + *s* =*guys*

如要表達名詞的複數，而字尾是單一字母 **o**，只需要加上**s**。

memo + *s* = *memos*
solo + *s* = *solos*
zero + *s* = *zeros*

然而，這條拼寫規則有不少例外，即字尾是 **o**，但仍加上 **es**，如下例：

echo + *es* = *echoes*
hero + *es* = *heroes*
potato + *es* = *potatoes*

tomato + es = tomatoes
veto + es = vetoes

● Tips ● 記住 My her**oes** eat potat**oes** and tomat**oes**.

如要表達名詞的複數，而字尾是 **f** 或 **fe**，則需先將 **f** 轉為 **v**，再加上 **es**。

leaf + es = leaves
elf + es = elves
life + es = lives

部分例外的字如下：

belief + s = beliefs
chef + s = chefs
roof + s = roofs

如要表達名詞的複數，而字尾是 **eau**，只需加上 **x** 或 **s** 便可。字尾是 **eau** 的單字都源自法文。在英語拼寫中，**eau** 字尾加上 x (表示法文複數) 或 s (表示英文複數)，兩者皆可接受。

bureau + x = bureaux
bureaus + s = bureaus
chateau + x = chateaux
chateau + s = chateaus
gateau + x = gateaux
gateau + s = gateaus

● 注意　無論選擇使用 **x** 或 **s**，發音都與 **s** 一樣。不過有些情況下，根據法文傳統，**x** 不發音。

ful 後綴

ful 後綴解作 " 充滿 "。請注意，這個後綴的拼寫並不是

full。在字尾加這個後綴時，只會有一個 l。

| beautiful | cupful | faithful |
| grateful | hopeful | painful |

al 前綴

當 all 後加一個單字，中間如不加連字號，all 就需改成 al。

all + mighty = almighty
all + ready = already
all + though = although
all + together = altogether

如 all 和一個單字中間加上連字號，則要保留兩個 l。

all + important = all-important
all + inclusive = all-inclusive
all + powerful = all-powerful

ante、anti 前綴

有些英文字以 ante 或 anti 作前綴。若明白該字含義，便不會混淆兩個字的拼寫。

前綴 ante 指 "以前" 或 "前方"。

| antecedent | antediluvian | anteroom |

前綴 anti 指 "敵對" 或 "反對"。

| antiseptic | antisocial | antimatter |

for、fore 前綴

有些英文字以 for 或 fore 作前綴。若明白該單字的含義，便不會混淆兩個字的拼寫。

前綴 **fore** 指"以前"或"前方"。

| *forecast* | *forefather* | *foreshore* |

如英文字並非指"以前"或"前方",便應用前綴 **for**。

| *forgive* | *forget* | *forfeit* |

ce、se 字尾

部分以 **ce** 作字尾的英文字,會有以 **se** 字尾的對應字。有時兩字的語音相同,會容易引起拼寫混淆。

一般來説,名詞以 **ce** 作字尾,可用 ice 和 advice 提醒自己記住這個拼寫規則。

a dog licence
piano practice

一般來説,動詞以 **se** 作字尾。動詞 advise 的語音與 **se** 相同,讓你輕易記住這個拼寫規則。

licensed to kill
to practise the drums

ize、ise 字尾

一直以來,作為動詞的後綴,字尾 **ize** 和 **ise** 兩者通用。

| *organize* | *realize* | *pulverize* |
| *organise* | *realise* | *pulverise* |

這個拼寫規則,在這些動詞相關的單字同樣適用。

| *organizer* | *realization* | *pulverized* |
| *organiser* | *realisation* | *pulverised* |

在英式英語中，以下單字的 **z** 和 **s** 可以替換使用。不過，使用時應該統一選擇一個拼寫形式。美式英語則較偏好 **ize**。雖然有人認為用 **ize** 較偏向美國主義，因而拒絕在英式英語中使用，不過各大英國權威出版社的字典均以 **ize**、**ization** 和 **izer** 作為主要的拼寫形式。

部分單字只可用 **ise**。一般來說，**ise** 屬於這些字的一部分，並不是後綴。

advertise	*advise*	*chastise*
comprise	*compromise*	*despise*
devise	*disguise*	*exercise*
improvise	*prise*	*revise*
supervise	*surprise*	*televise*

部分單字只可用 **ize**。

capsize	*prize*

● 注意　*prise* 和 *prize* 詞義不同，前者指 "強行開啟"，後者則指 "褒獎"。

使用撇號的法則

表示擁有權

撇號（'）用於表示某物屬於某人。一般在字尾後加撇號和 **s**。

在單數名詞後可加上 **'s**。

> *a baby's pushchair*
> *Hannah's book*
> *a child's cry*

在複數名詞後，如字尾並非 s，可加上 **'s**。

*children**'s** games*
*women**'s** clothes*
*people**'s** lives*

在複數名詞後，如字尾是 s，只需加上撇號 **'**。

Your grandparents are your parents' parents.
We are campaigning for workers' rights.
They hired a new ladies' fashion guru.

在單數名詞後，如字尾是 s，仍可加上 **'s**。

*James**'s** car*
*the octopus**'s** tentacles*

> **注意**　如名詞是著名歷史人物的名字，一般習慣只需
> 加上撇號 **'**。

Dickens' novels
St Giles' Cathedral

在一些專業或職業後加上 **'s**，表示工作地點。

*She is on her way to the doctor**'s**.*
*James is at the hairdresser**'s**.*

在人物或人名後加上 **'s**，指其居所。

*I'm going over to Harry**'s** for tea tonight.*
*I popped round to Mum**'s** this afternoon, but she wasn't in.*

如要測試撇號位置是否正確，只需考慮誰是該物件的擁有人。

*the boy**'s** books [= the books belonging to the boy]*
the boys' books [= the books belonging to the boys]

> **注意** 代名詞所有格，如 its、yours 或 theirs 等，均不需加上撇號。如表示名詞的複數，則無需加上撇號。

表示縮寫

撇號常見於縮寫一個或多個字母的拼寫中。這些拼寫一般用於縮短常用動詞，如 be 和 have。

I'm [short for 'I am']
they've [short for 'they have']
we're [short for 'we are']

有些縮寫否定詞 not。

aren't [short for 'are not']
isn't [short for 'is not']
haven't [short for 'have not']

> **注意** 撇號必須在縮略字母的位置。

如在雙位數字前加上撇號，是指"年份"或"年代"。

French students rioted in '68 [short for '1968'].
He worked as a schoolteacher during the '60s and early '90s.

表示複數

在英文字中，如要表示複數，無需加上撇號。

但此拼寫規則有一例外。如要表示單一字母或數字的複數，為方便閱讀，需要加上撇號。

Mind your p's and q's.

His 2's look a bit like 7's.
She got straight A's in her exams.

使用大寫的法則

大寫字母用於標示句子的開始。

When I was 20, I dropped out of university and became a model.

大寫字母用於標示專有名詞，其中包括：

人名：

Jenny Forbes	*William*	*Davidson*

一週七天的名稱：

Monday	*Wednesday*	*Saturday*

月份名稱：

August	*October*	*June*

公眾假期：

Christmas	*New Year*	*Yam Kippur*

國籍：

Spanish	*Iraqi*	*Argentine*

語言：

Swahili	*Flemish*	*Gaelic*

地理位置：

Australia	*Loch Ness*	*Mount Everest*

宗教：

Islam	*Buddhism*	*Sikhism*

　　大寫字母也用於書名、雜誌名稱、電視節目名稱、電影名字等。如名稱多於一個字，第一個字和每個實義詞的字首都需要大寫。

The Times	*Hello!*	*Twelfth Night*
The Secret Garden	*Newsnight*	*Mamma Mia!*

Tips for learning hard words 難字拼寫秘訣

熟習這些常見的拼寫規則和模式，能大大提高拼寫的能力。當然，除了學會拼寫的原則，我們亦要學習各個單字的拼寫方法。

本章謹為大家提供一些記憶的方法，讓難記字詞變得容易記憶。

記憶法

幫助記憶的押韻文體

幫助記憶的押韻文體(mnemonics)，來自希臘字 *mnēmonikos*，此字源於 *mnēmōn*，指記住。顧名思義，幫助記憶的押韻文體的特色，是利用押韻的編排幫助記憶。例如 *Richard Of York Gives Battle In Vain*，每個單字的字首都代表彩虹的其中一種顏色。red(紅)、orange(橙)、yellow(黃)、green(綠)、blue(藍)、indigo(靛)、violet(紫)。

這些押韻文體可幫助記憶拼寫的方法。

字首字母押韻文體

有些幫助記憶的押韻文體，結合各個單字所有字首，便可組成一個單字的拼寫。

> *Big elephants are useful to Indians for unloading logs.*

此句讓你輕易記住 beautiful 的拼寫。

部分字首字母押韻文體

有些幫助記憶的押韻文體，結合各個單字的字首，便可組成單字難記的拼寫部分。

這種押韻文體可以幫助你記住 *accelerate* 的拼寫。

*If it can **accelerate**, a car can easily lead every race.*

近似的方法有助你記住 *accommodation* 所包含的重複字母。

*The **accommodation** has **two** cots and **two** mattresses.*

部分押韻文體

另外一種押韻文體，是使用生詞裏面的字或音節幫助記憶。

你可用這個方法記住 abattoir 的開始部分。

*There may be **a battle** in an **abattoir**.*

近似的方法有助記住 address 包含的重複字母。

***Add** your add**ress**.*

本書以下數章包括各種不同幫助記憶的押韻文體，希望能讓你輕易記住艱澀單字。

其實，最有效幫助記憶的押韻文體，都是自行編寫的。你可組合你日用的字詞和語境，加強記憶的效果。例如，你可加入家人朋友的名稱，寵物的名稱，以及有關你的喜好的詞彙。

看、讀、背、寫、檢查

另一個常用的拼寫學習方法，就是看、讀、背、寫、檢查。

看 ─ 清楚細看單字的拼寫。

讀 ─ 自行朗讀單字，聆聽單字的語音。

背 ─ 背誦並記憶單字的拼寫。

寫 ─ 默寫單字。

檢查 ─ 檢查拼寫是否正確。

分拆英文字

另一個常用的拼寫學習方法，就是將單字按音節分拆，然後朗讀分拆出來的每個音節，包括不發音的字母。

> *dictionary = dic + ti + on + ar + y*
> *ecstasy = ec + sta + sy*
> *handkerchief = hand + ker + chief*
> *material = ma + te + ri + al*
> *separate = se + par + ate*
> *Wednesday = Wed + nes + day*

如習慣將單字分拆記憶，學習便可事半功倍。

同源英文字

源自同一字根的單字，拼寫一般十分相近。如你學會了其中一個，其他的拼寫便容易記憶。

以下所有單字都與 *act* 相關。

act	*action*	*activity*
react	*reaction*	*reactive*

有時候，學會相關的單字，有助推斷正確的元音字母。例如 irritate 在 **t** 後有 **a**。

irritate	*irritant*	*irritable*

同源英文字是個非常有用的學習方法。然而，部分單字語音相近，卻其實並無關連；亦有部分同源英文字的核心部分拼寫方法會有所不同。本書將於單元 10 收錄一些 "假等義" 單字，請務必小心。

Words with silent letters 含不發音字母的字

　　有些詞彙很難拼，因為內含不發音的字母。在詞彙起源的外來語言中，這些字母通常是要發音的。以下是一些值得學的字彙，也有記憶其中一些字彙的方法。

abhor

　　b 後面的 h 不發音。

　　● Tips ● 記住 You ab**hor** something **hor**rible.

abscess

　　第一個 s 後面的 c 不發音。

acquaint, acquiesce, acquire, acquit

　　q 前面的 c 不發音。

aghast

　　g 後面的 h 不發音。

　　● Tips ● 記住 A**gh**ast at the **gh**osts.

almond

　　m 前面的 l 不發音。

answer

　　s 後面的 w 不發音。

asthma

　　s 後面的 th 不發音。

autumn

m 後面的 n 不發音。

bankruptcy

p 後面的 t 不發音。

記着這個字是 bankrupt + 字尾 cy 組合而成。

Buddhism

dd 後面的 h 不發音。

campaign

n 前面的 g 不發音。

castle

s 後面的 t 不發音。

column

m 後面的 n 不發音。

comb

m 後面的 b 不發音。

condemn

m 後面的 n 不發音。

記着這個字和 condemnation 有關。

cupboard

b 前面的 p 不發音。

debt

t 前面的 b 不發音。

記着這個字和 debit 有關。

descend

s 後面的 c 不發音。

🔵 Tips 🔵　記住 You de**sc**end on an **esc**alator.

diaphragm

m 前面的 g 不發音。

doubt

t 前面的 b 不發音。

請記着這個字和 dubious 相關。

dumb

m 後面的 b 不發音。

environment

m 前面的 n 不發音。

🔵 Tips 🔵　記住 There is **iron** in the envi**ron**ment.

exceed, excel, excellent, excess, excite

x 後面的 c 不發音。

excerpt

x 後面的 c 不發音，t 前面的 p 也不發音。

exhaust, exhibit, exhilarate

x 後面的 h 不發音。

extraordinary

o 前面的 a 不發音。

請記得這個字是 extra + ordinary 組成的。

fluorescent

o 前面的 u 不發音，s 後面的 c 也不發音。

foreign

n 前面的 g 不發音。

ghastly, gherkin, ghetto, ghost, ghoul

g 後面的 h 不發音。

gnarl, gnat, gnaw, gnome, gnu

n 前面的 g 不發音。

government

m 前面的 n 不發音。

handkerchief, handsome

n 後面的 d 不發音。

honest, honour, hour

字首的 h 不發音。

indict, indictment

t 前面的 c 不發音。

● Tips ● 記住 I never dabble in criminal things.

island, isle

l 前面的 s 不發音。

jeopardize, jeopardy

e 後面的 o 不發音。

knack, knee, kneel, knickers, knife, knight, knit, knob, knock, knot, know, knuckle

n 前面的 k 不發音。

leopard

e 後面的 o 不發音。

limb

m 後面的 b 不發音。

listen

s 後面的 t 不發音。

medieval

d 後面的 i 不發音。

miniature

t 前面的 a 不發音。

mnemonic

n 前面的 m 不發音。

● Tips ● 記住 My nephew Eric memorizes odd numbers in class.

moreover

o 後面的 e 不發音。

mortgage

g 前面的 t 不發音。

muscle

s 後面的 c 不發音。

parliament

i 後面的 a 不發音。

playwright
r 前面的 w 不發音。

pneumatic, pneumonia
字首處 n 前面的 p 不發音。

psalm
s 前面的 p 不發音，m 前面的 l 也不發音。

pseudonym, psychedelic, psychiatry, psychic, psychology
s 前面的 p 不發音。

receipt
t 前面的 p 不發音。

rhetoric, rheumatism, rhinoceros, rhododendron, rhombus, rhubarb, rhyme, rhythm
字首的 r 後面的 h 不發音。

sandwich
n 後面的 d 不發音。

scissors
第一個 s 後面的 c 不發音。

sheikh
k 後面的 h 不發音。

shepherd
p 後面的 h 不發音。
記得 A shep**herd herd**s sheep.

silhouette
l 後面的 h 不發音。

solemn

n 前面的 m 不發音。

sovereign

n 前面的 g 不發音。

spaghetti

g 後面的 h 不發音。

stalk

k 前面的 l 不發音。

subtle

t 前面的 b 不發音。

● Tips ● 記住 **Sub**marines move in **sub**tle way.

sword

s 後面的 w 不發音。

talk

k 前面的 l 不發音

two

t 後面的 w 不發音

viscount

c 前面的 s 不發音

● Tips ● 記住 The v**is**count gets a d**is**count.

walk

k 前面的 l 不發音。

Wednesday

    n 前面的 d 不發音。

what, when, where, whether, which, why

    w 後面的 h 不發音。

wrangle, wrap, wrath, wreath, wreck, wrench, wrestle, wretched, wriggle, wring, wrinkle, write, wrist, wrong

    r 前面的 w 不發音。

yoghurt

    在平常的拼音模式中，g 後面的 h 不發音。

Single and double letters
含單一字母和重複字母的字

　　有些英文字不好拼，因為英語學習者不容易分辨這些詞彙，究竟用重複的字母，還是用單一字母。以下是值得學習的詞彙，並有記憶貼士可供參考。

abattoir
　　有一個 b 和兩個 t。

　　● Tips ●　記住 There may be a **batt**le in an a**batt**oir.

abbreviate
　　有兩個 b。

accelerate
　　有兩個 c 和一個 l。

accessory
　　有兩個 c 和兩個 s。

accident
　　有兩個 c。

　　● Tips ●　記住 A **c**lose **c**all can lead to an a**cc**ident.

accommodate
　　有兩個 c 和兩個 m。

　　● Tips ●　記住 accommodate 的意思是 "容納"，它 "容納"

了很多字母，再記住這個字有最多 c 和 m，可有
助記憶！

accompany
有兩個 c。

accumulate
有兩個 c 和一個 m。

accurate
有兩個 c 和一個 r。

across
有一個 c 和兩個 s。

address
有兩個 d 和兩個 s。

　● Tips ●　記住 **Add** your **add**ress.

affiliate
有兩個 f 和一個 l。

aggravate
有兩個 g 和一個 v。

aggressive
有兩個 g 和兩個 s。

allergy
有兩個 l。

　● Tips ●　記住 An **allergy** saps **all** energy.

alligator

有兩個 l 和一個 g。

already, although, altogether

只有一個 l。

aluminium

沒有重複的字母。

appal

有兩個 p 和一個 l。

apparatus, apparent, appearance

有兩個 p 和一個 r。

appendix, appliance, appreciate, apprehensive, approve, approximate

有兩個 p。

assassinate, assess

有兩處重複的 s。

associate

有兩個 s 和一個 c。

attitude

有重複的 t，後面另外還有一個單獨的 t。

● Tips ●　記住 At times you have a bad **atti**tude.

baggage

有重複的 g，和 luggage 一樣。

balloon

有兩個 l 和兩個 o。

🔵 Tips 🔵　記住 A balloon is shaped like a ball.

banana

有兩個單獨的 n。

battalion

有兩個 t 和一個 l，和 battle 一樣。

beginner

有一個 g 和兩個 n。

belligerent

有兩個 l 和一個 g。

boycott

有兩個 t。

broccoli

有兩個 c 和一個 l。

🔵 Tips 🔵　記住 Broccoli cures *colic.

*colic 腹絞痛

bulletin

有兩個 l 和一個 t，和 bullet 一樣。

carafe

有一個 r 和一個 f。

career

沒有重複的 r。

◉ Tips ◉　記住 A **car car**eered off the road.

cassette
有兩個 s 和兩個 t。

cinnamon
有兩個 n 和一個 m。

collaborate
有兩個 l 和一個 b。

colleague
有兩個 l。

colossal
有一個 l 在中間，還有兩個 s。

◉ Tips ◉　記住 *co**loss**al **loss**es

*colossal 巨大的

commemorate
重複的 m 後面跟着一個單獨的 m。

commercial
有兩個 m。

commiserate
有兩個 m 和一個 s。

◉ Tips ◉　記住 You have to *com**miser**ate with a **miser**.

*com**miser**ate 同情

commit
有兩個 m 和一個 t。

committee

有兩個 m，兩個 t 和兩個 e。

committee 的意思是"委員會"，聯想"委員會"應有多些成員，記住它包含 m、t 和 e 各兩個，有助記憶。

compel

只有一個 l。

*connotation

有兩個 n 和兩個單獨的 t。

*connotation 言外之意

control

只有一個 l。

coolly

有兩個 l。

*correspond

有兩個 r。

*correspond 符合

curriculum

有兩個 r，另外還有一個 c 在中間。

*curriculum 學校課程

*daffodil

有兩個 f，不過沒有重複的 d。

*daffodil 西洋水仙

*desiccated

有一個 s 和兩個 c，和 **coconuts** 一樣！

*desiccated 脫水的

*deterrent

有兩個 r 但沒有重複的 t。

*deterrent 制止

*dilemma

有一個 l 和兩個 m。

● Tips ●   記住 **Emma** is in a dil**emma**. 留意 dilemma 裏面包

含 Emma。

*dilemma 兩難

disappear, disappoint, disapprove

有一個 s 和兩個 p。

● Tips ●   記住 Th**is app**le has d**isapp**eared.

dispel

有一個 s，也只有一個 l。

dissatisfied

有兩個 s 接在第一個 i 後面。

dissect

有兩個 s。

dissimilar

有兩個 s，一個 m 和一個 l。

earring

有兩個 r。

*effervescent

有兩個 f 和一個 s。

*effervescent 興高采烈

eligible

字首只有一個 l。

● Tips ● 記住 You must **el**ect the most **el**igible candidate.

embarrass

有兩個 r 和兩個 s。

● Tips ● 記住 This word has two **r**'s and two **s**'s, which is an **embarrass**ment of riches!

enrol

英式拼法只有一個 l，美式拼法有兩個 l，即 enroll。

erroneous

有兩個 r 和一個 n。

記得這個字和 err 有關。

exaggerate

有兩個 g。

● Tips ● 記住 I am st**agger**ed that you ex**agger**ate.

excellent

有兩個 l。

● Tips ● 記住 My **ex-cell**mate was an **excell**ent friend.

flammable

有兩個 m（和 flame 不同）。

fulfil

英式拼法有兩個單獨的 l，美式拼法字尾有兩個 l，即 fulfill。

fullness

有兩個 l 和兩個 s。

*giraffe

有一個 r 和兩個 f。

*giraffe 長頸鹿

*guerrilla

有兩個 r 和兩個 l。

*guerrilla 游擊隊

*graffiti

有兩個 f 和一個 t。

*graffiti 塗鴉

*hallucination

有兩個 l，一個 c 和一個 n。

*hallucination 幻覺

*harass

有一個 r 和兩個 s。

*harass 騷擾

*hazard

只有一個 z(和 *blizzard 不同)。

*hazard 危險；*blizzard 暴風雪或突如其來的東西

hideous

只有一個 d。

● Tips ● 記住 **Hide** that **hide**ous thing away.

* hideous 可怕

holiday

只有一個 l 和一個 d。

記着 holiday 一詞是由 holy day 衍生而來。

horrible

有兩個 r，和 terrible 相同。

horror

有重複的 r，和 terror 相同。

*hurricane

有兩個 r 和一個 c。

*hurricane 颶風

illiterate

有兩個 l 和一個 t。

imitate

沒有重複的字母。

immediate

有兩個 m 和一個 d。

inaccurate

有一個 n，兩個 c 和一個 r。

ineligible

沒有重複的字母。

innocent

有兩個 n 和一個 c。

*innocuous

有兩個 n 和一個 c。

*innocuous 無害的

intelligence, intelligent

有兩個 l。

● Tips ● 記住 I can **tell** the **gent** is intelligent.

interrogate

有兩個 r 和一個 g。

● Tips ● 記住 In**terro**gation causes **terro**r.

interrupt

有兩個 r。

● Tips ● 記住 It's **terr**ibly rude to in**terr**upt.

irregular

有兩個 r 和一個 g。

irrelevant

有兩個 r 和一個 l。

irritable

有兩個 r 和一個 t。

keenness

有兩個 n 和兩個 s。

limit

只有一個 m 和一個 t。

literature

只有一個 t。

luggage

有重複的 g 和 baggage 一樣。

*macabre

只有一個 c。

*macabre 可怕

*macaroon

只有一個 c 和一個 r。

*macaroon 蛋白果仁餅乾

marvellous

有兩個 l。美式英語只有一個 l，即 marvelous。

mattress

有兩個 t 和兩個 s。

*mayonnaise

有兩個 n。

● Tips ● 記住 Dip nice nibbles in mayonnaise.

*mayonnaise 蛋黃醬

medallist

有一個 d 和兩個 l。

記住這個字是 medal 加上 list 組成的。

Mediterranean

有一個 d，一個 t 和兩個 r。

millennium

有兩個 l 和兩個 n。

millionaire

有兩個 l 和一個 n。

misshapen

有兩個 s。

misspell

有兩個 s 和兩個 l。

misspent

有兩個 s。

necessary

有一個 c 和兩個 s。

> ● Tips ● 記住 It is ne**cess**ary for a shirt to have **one c**ollar and **two s**leeves.

*obsession, obsessive

單獨的 s 後面跟着重複的 s。

*obsession 着迷

occasion

有兩個 c 和一個 s。

occupy

有兩個 c 和一個 p。

occur

有兩個 c 和一個 r。

occurrence

有兩個 c 和兩個 r。

omission

有一個 m 和兩個 s。

opinion

有一個 p 和一個單獨的 n 在中間。

opponent, opportunity, opposite

有兩個 p。

overrate

有兩個 r，和 underrate 一樣。

參見 underrate。

*paraffin

有一個 r 和兩個 f。

● Tips ● 記住 Paraffin really fuels fires.

*paraffin 石蠟

parallel

中間有重複的 l，字尾還有一個單獨的 l。

pastime

有一個 s 和一個 t。

penicillin

有兩個 l 和沒有重複的 n。

● Tips ● 記住 You take penicillin when you are ill.

permit
只有一個 t。

personnel
有兩個 n 和一個 l。

*porridge
有兩個 r。
*porridge 粥

possess
有兩處重複的 s。

> **Tips** 記住 You should po**ss**e**ss** **two** **s**hoes and **two** **s**ocks.

possible
有兩個 s。

preferred
有一個 f 和重複的 r。

preference
有一個 f，沒有重複的 r。

procedure
只有一個 e 接在 c 後面。

profession, professor
有一個 f 和兩個 s。

profitable
有一個 f 和一個 t。

*propel

有一個單獨的 p 和單獨的 l。

*propel 推進

propeller

有一個單獨的 p 和重複的 l。

quarrel

有兩個 r 和一個 l。

questionnaire

有兩個 n。

really

有兩個 l。

rebellion

有一個 b 和兩個 l。

recommend

有一個 c 和兩個 m。

recurrent

有一個單獨的 c 和重複的 r。

referred

有一個單獨的 f 和重複的 r。

remittance

有一個 m 和兩個 t。

*resurrection

有一個單獨的 s 和重複的 r。

*resurrection 復活

sapphire

有兩個 p。

> **Tips** 記住 You would be ha**pp**y to get a sa**pp**hire.

satellite

有一個 t 和兩個 l。

> **Tips** 記住 **Tell** me about the sa**tell**ite.

*settee

有重複的 t 和重複的 e。

> **Tips** 記住 **Sett**le down on the **sett**ee.

*settee 長靠椅

skilful

英式拼法有兩個單獨的 l；美式拼法在字的中間有兩個一起出現的 l，即 skillful。

solicitor

沒有重複的字母。

success

有重複的 c 和重複的 s。

*succinct

有重複的 c。

*succinct 簡潔的

suddenness

有重複的 d 和重複的 n。

sufficient

有兩個 f。

suffocate

有兩個 f 和一個 c。

supplement

有兩個 p 和一個 m。

suppose

有兩個 p。

suppress

有重複的 p 和重複的 s。

surplus

字尾只有一個 **s**。

symmetry

有兩個 **m** 和一個 **t**。

*taffeta

有兩個 **f**，沒有重複的 **t**。
*taffeta 縫製女裝衣服的塔夫綢

tattoo

有重複的 **t** 和重複的 **o**。

terrible

有兩個 **r**，和 **horrible** 一樣。參見 **horrible**。

terror

有兩個 r，和 **horror** 一樣。

threshold
只有一個 **h**。
*threshold 開端

toffee
有兩個 f 和兩個 e。

tomorrow
有一個 m 和兩個 r。

tranquil
字尾只有一個 l。

tranquillity
有兩個 l。

tyranny
有一個 r 和兩個 n。

underrate
有兩個 r，和 overrate 一樣。
參見 overrate

until
字尾只有一個 l。

usually
有兩個 l。

vacuum
有一個 c 和兩個 u。

vanilla

有一個 n 和兩個 l。

● Tips ●　記住 **Vanill**a ice cream form the **van** made me **ill**.

*verruca

有兩個 r 和一個 c。

*verruca 腳底生的 "疣"

villain

有兩個 l。

walnut

只有一個 l 和一個 t。

welcome, welfare

只有一個 l。

withhold

此字 h 重複。

woollen

英式拼法 **woollen** 的 **o** 及 **l** 重複；美式拼法只有一個 **l**，即 **woolen**。

Words with foreign spelling patterns
含非英語拼寫形式的字

部分英文字來自其他語言，因為保留來源語言的拼寫方法，所以特別難記。這些單字的拼寫方式，有別於一般單字的拼寫。

如你對希臘文和法文有初步認識，對於來自這些語言的單字拼寫，便能較易理解。就算從未接觸過希臘文和法文，只要長時間接觸英語，你亦可輕易察覺一些拼寫規則，例如 **eau** 和 **eur** 源自法文，**ae** 和 **rrh** 源自希臘文。

請學習以下單字的拼寫形式及記憶方法。

abattoir
字尾為 **oir**，源自法文。

amateur
字尾為 **eur**，源自法文。

apparatus
字尾為 **us**（並非 **ous**），源自拉丁字。

archaeology
第二個音節為 **char**，源自希臘文。

beautiful, beauty
字首為 **beau**，源自法文。

biscuit
字尾為 **cuit**，源自法文。（cuit 指 "熟食"）

> ● Tips ●　記住 If you want a bis**cuit**, I will give **u** **it**.

bouquet

第一個元音為 **ou**，中間的輔音字母是 **q**，字尾為 **et**，源自法文。

> ● Tips ●　記住 A bou**quet** for the **que**en.

bourgeois

第一個元音為 **our**，中間的輔音字母是 **ge**，字尾為 **ois**，源自法文。

braille

字尾為 **aille**，源自法文。

brochure

字尾為 **chure**，源自法文。

brusque

字尾為 **sque**，源自法文。

bureau

字尾為 **eau**，源自法文。

> ● Tips ●　記住 **B**usinesses **u**sing **r**otten **e**thics **a**re **u**seless.

camouflage

中間的元音是 **ou**，字尾為 **age**，源自法文。

catarrh

字尾為 **arrh**，源自希臘文。

champagne

字首為 **ch**，字尾為 **agne**，源自法文，是一個地點的名稱。

chaos

字首的語音是 **ch**，源自希臘文。

● Tips ● 記住 **C**riminals **h**ave **a**bandoned **o**ur **s**ociety.

character

字首的語音是 **ch**，源自希臘文。

chauffeur

字首為 **ch**，字尾為 **eur**，源自法文。

chord, chorus

字首的語音是 **ch**，源自希臘文。

chute

字首為 **ch**，源自法文。

connoisseur

中間的元音是 **oi**，字尾的元音是 **eur**，源自法文。

crèche

字尾為 **che**，字首的 **e** 拼寫時一般有標重音，源自法文。

crochet

字尾為 **chet**，源自法文。

curriculum vitae

字尾為 **ae**，源自拉丁字。

dachshund

中間是 **chsh**，源自德文。(dachs 指 "獾"，hund 指 "犬")

● Tips ● 記住 **Dachs**hund**s** **ch**ase **sh**eep through the **und**ergrowth.

diarrhea
中間為 **rrhoe**，源自希臘文。

etiquette
字尾為 **quette**，源自法文。

euphoria, euthanasia
字首為 **eu**，源自希臘文。（eu 指 "好"）

Fahrenheit
字中 **r** 前有 **h** ，字尾為 **eit**，源自德文姓名。

fiancé, fiancée
字尾 **cé** 和 **céé** 分別指男人和女人，源自法文。

foyer
字尾為 **er**，源自法文。

gateau
字尾為 **eau**，源自法文。

grandeur
字尾為 **eur**，源自法文。

haemorrhage
此詞字首的元音是 **ae**，中間是 **orrh**，源自希臘文。

hierarchy, hieroglyphics
字首為 **hier**，源自希臘文。（hiero 指 "神聖"）
● Tips ●　記住 **H**idden **i**n **E**gyptian ruins.

*****hypochondriac, hypocrisy, hypocrite**
字首為 **hypo**，源自希臘文。（hypo 指 "以下"）
*hypochondriac 憂鬱症的

jodhpur

d 後有不發音的 **h**，字尾為 **ur**，源自印度文的一個地點名稱。

● Tips ● 記住 You wear jo**dh**purs when you ride a **d**appled **h**orse.

karate

字尾為 **e**，源自日文。

khaki

有兩個 k，以及一個不發音的 h，源自烏爾都語。

larynx

字尾為 **ynx**，源自希臘文。

lasagne

字尾為 **agne**，源自意大利文。

lieutenant

字首的元音為 **ieu**，源自法文。（lieu 指 "地點"）

liqueur

字尾為 **queur**，源自法文。

manoeuvre

中間的元音為 **oeu**，源自法文。美式拼寫是 maneuver。

martyr

字尾為 **yr**，源自希臘文。

matinée

字尾為 **ée**，如單詞 fiancée，源自法文。

meringue

字尾為 **ingue**，源自法文。

moustache

字首的元音是 **ou**，字尾為 **che**，源自法文。美式拼寫是 mustache。

🔵 Tips 🔵　記住 A **mou**stache is between the **mou**th and **che**ek.

naïve

中間是 **aï**，源自法文。

niche

字尾為 **iche**，源自法文。

nuance

u 後有 **a**，源自法文。

omelette

m 後有 **e**，字尾為 **ette**，源自法文。

pseudonym

字首的 **p** 不發音，字首的元音為 **eu**，字尾為 **nym**，源自法文。

psychiatry, psychic, psychology

字首的 **p** 不發音，字首的元音為 **y**，**c** 後有 **h**，源自法文。（*psychē* 指"心靈"）

queue

字尾為 **ueue**，源自法文，指"尾巴"。

reconnaissance

第三個元音為 **ai**，源自法文。（同時請留意 **n** 和 **s** 重複，如 *connoisseur*）

rendezvous

字首的元音為 **e**，第二個元音是 **ez**，字尾為 **ous**，源自法文。

repertoire

中間的元音是 **er**，字尾為 **oire**，源自法文。

reservoir

中間的元音是 **er**，字尾為 **oir**，源自法文。

restaurant

中間的元音是 **au**，字尾為 **ant**，源自法文。

restaurateur

第二個 **t** 前沒有 **n**（與 *restaurant* 不同），字尾為 **eur**，源自法文。

rheumatism

字首為 **rheu**，源自希臘文。

rhinoceros

字首為 **rh**，字尾為 **os**，源自希臘文。

schizophrenia

字首為 **sch**，第二個輔音是 **z**，源自希臘文。（schizein 指 "分裂"）

sheikh

元音為 **ei**，字尾 h 不發音，源自阿拉伯文。

silhouette

l 後有不發音 **h**，中間的元音是 **ou**，字尾為 **ette**，源自法文。

souvenir

字首的元音是 **ou**，字尾為 **ir**，源自法文。

spaghetti

g 後有不發音 **h**，字尾為 **etti**，源自意大利文。（如 confetti，字尾相似）

suede

字尾為 **uede**，源自法文。(*de Suède* 則指 "瑞典人")

● Tips ● 記住 **Sue de**manded **suede** shoes.

surveillance

中間的元音是 **ei**，源自法文。

yacht

中間是 **ach**，源自荷蘭文。

Homonyms 同音異義字

若是兩個不同的詞有相似或相同的發音，就很容易混淆，把正確拼法配上了錯誤的詞。本章列舉了一些容易混淆的詞，也提供一些避免混淆的記憶方法。

accept, except

to accept something 就是接受或是同意某事（物）。except 則是指 "除了" 或是 "除…之外"。

> *Please **accept** my apologies.*
> *The King would not **accept** their demands.*
> *I never wear a skirt **except** when we go out.*

affect, effect

to affect something 是指加以影響或改變。an effect 則是某事（物）的影響或是某事（物）造成的效果。

> *Tiredness **affected** his concentration.*
> *discoveries which have a profound **effect** on medicine*

● Tips ●　記住 To **a**ffect something is **a**lter it but the **e**ffect is the **e**nd result.

aid, aide

aid 指 "幫助"，而 aid somebody 則是指幫助他們。an aide 是指重要人物身邊的助手。

> *bringing **aid** to victims of drought*
> *They used bogus uniforms to **aid** them in the robbery.*
> *one of the president's **aides***

allude, elude

to allude to something 是指用不直接的方式談及某事（物）。如果 something eludes you，就表示你無法了解或記不得該事物，而如果 you elude something，就是指你在閃躲或逃避這件事情。

> *I never **allude** to that unpleasant matter.*
> *The name of the tune **eludes** me.*
> *She managed to **elude** the police.*

● Tips ● 記住 If something **e**ludes you it **e**scapes you.

altar, alter

altar 是指教堂或寺廟中使用的聖桌。alter 某事（物）則是加以改變。

> *The church has a magnificent **altar**.*
> *We may have to **alter** our plans.*

ascent, assent

an ascent 用作名詞，指往上爬的動作。assent 用作動詞，to assent to something，解作"同意某事"，assent 也可用作名詞，仍是"同意"的意思。

> *the **ascent** of Mount Everest*
> *We all **assented** to the plan.*
> *You have my whole-hearted **assent**.*

aural, oral

something that is aural 是指和耳朵或聽力相關的事物。something that is oral 是指和嘴巴或說話相關的事物。

> *a good **aural** memory*
> ***oral** history*

● Tips ● 記住 An **au**ral examination might involve **au**dio equipment.

base, bass

the base of something 是指某事（物）的底部。bass 歌手或 bass 樂器，是指能發出最低樂音的歌手或樂器。

> *the **base** of the table*
> *a **bass** guitar*

baited, bated

如果用魚鈎之類的東西鈎着食物，用以引誘，就是 baited。bated 則解作"減去"，主要是用於 bated breath（透不過氣來）這種説法。

> *The trap had been **baited**.*
> *I waited with **bated** breath.*

berth, birth

berth 是指"船上或火車上的牀鋪"，或是"船停靠的地方"。the birth of someone or something 指"被生出來或被創造出來的這種行為"。

> *a cabin with six **berths***
> *the date of her **birth***
> *the **birth** of jazz*

born, borne

to be born 是指"被生出來"，to be borne 是指"被接受或被運載"，如果説 fruit of flowers are borne by a plant，就是指"植物長出了果實或花朵"。如果説 something is borne out，就是指"已經得到確認了"。

> *Olivia was **born** in Leicester.*
> *He has **borne** his illness with courage.*
> *The tree has **borne** fruit.*
> *The predictions have been **borne** out by the election results.*

bough, bow

bow 用作動詞時指 "彎腰或低頭"，用作名詞指 "彎腰或低頭的動作"。a bough 則是 "樹的分枝"。

*He gave a long **bow** to the king.*
*overhanging **boughs** of elm and ash*

boulder, bolder

a boulder 是指大塊的石頭。bolder 解作 "更勇敢" 或 "更大膽"。

*The road was blocked by an enormous **boulder**.*
*The victory made the soldiers feel **bolder**.*

brake, break

a brake 用作名詞時，是 "減慢速度的裝置"，用作動詞時，是 "用該裝置減慢速度"。to break something 是 "改變某事或摔破某物"，使之無法運作或繼續存在。

*I slammed on the **brakes**.*
***Brake** when you approach the junction.*
*to **break** a vase*

breach, breech

to breach something 用作動詞時，是 "打破或破壞某物"，用作名詞時，則是 "造成的破壞或缺口"。breech 則指 "人體較低的部位 (如臀部)；來福槍或其他東西的後部"。

*a **breach** of the peace*
*a **breech** birth*

breath, breathe

指呼吸，沒有 e 的 breath 是名詞，而有 e 的 breathe 則是動詞。

*He took a deep **breath**.*
*I heard him **breathe** a sign of relief.*

bridal, bridle

bridal 指"和新娘有關的"。a bridle 用作名詞時，則是"控制馬匹的器具"，用作動詞時，則指"表現出對某事（物）的怒氣"。

*a **bridal** dress*
*a leather **bridle***
*I **bridled** at the suggestion that I have been dishonest.*

broach, brooch

to broach a difficult subject，指"將某題目帶入討論"。a brooch 則是一種首飾。

*Every time I **broach** the subject, he falls silent.*
*a diamond **brooch***

callous, callus

callous 用作形容不考慮別人感受的人。a callus 是指一塊硬皮膚。

*He treats her with **callous** indifference.*
*Wearing high heels can cause **calluses**.*

canvas, canvass

canvas 是一種強韌的布料。to canvass 則是説服別人以特定方式投票，或是查出他們對某事的看法。

*a **canvas** bag*
*The store decided to **canvass** its customers.*

● Tips ● 記住 If you canva**ss** you **s**eek **s**omething.

caught, court

caught 的意思是"抓住"。a court 則是指圍起來的空間，像處理司法案件的法院，或打網球的場地。

> *They never **caught** the man who did it.*
> *Silence in **court**!*

cereal, serial

cereal 是一種以穀物製成的食物。 a serial 則是分成多個部分出版或廣播的事物。serial 也描述以一連串形式發生的其他事。

> *my favourite breakfast **cereal***
> *a new drama **serial***
> *a **serial** offender*

● Tips ● 記住 A **seri**al is part of **seri**es, but a ce**real** is a **real** breakfast.

cheetah, cheater

a cheetah 是一種野生的貓科動物。a cheater 是指騙子。

> *a pack of **cheetahs** at the safari park*
> *He was exposed as a **cheater**.*

chord, cord

a chord 是指三個一組或更多需要同時彈奏的樂音。cord 則是強韌的粗線或電線。vocal cord 則是喉嚨發聲的聲帶。

> *playing major and minor **chords***
> *tied with a thick **cord***

● Tips ● 記住 A **chord** is part of a **chor**us.

chute, shoot

a chute 是指陡斜的槽，用來讓東西往下滑。shoot 用作動詞，後跟賓語，是指 "射殺或射擊某東西"，沒有賓語則表示 "移動得非常迅速"。

*a rubbish **chute***
***shooting** at pigeons*
*to **shoot** along the ground*

coarse, course

coarse 表示 "粗糙" 或 "粗魯"。a course 則是你可以在裏面走來走去的場地，或是你固定要做的一系列事情。course 也用於 of course 這個片語裏面。

*a **coarse** fabric*
*his **coarse** jokes*
*a golf **course***
*a **course** of lectures*
*Of **course** I want to go with you.*

colander, calendar

a colander 是碗狀的瀝水器。a calendar 是一個日曆或月曆。

*Strain the potatoes with a **colander**.*
*a **calendar** with Scottish scenes*

● Tips ● 記住 A col**ander** has h**and**les and drains wat**er**, while the cal**endar** marks the **end** of the ye**ar**.

complement, compliment

a complement 用作名詞時，是指 "和其他東西很相配的某物"，或是 "能使之完整的某物"，用作動詞時，則指 "和某物很相配"，或 "能使之完整"。a compliment 用作名詞時，是 "表達讚美的用語"，用作動詞時，則是 "加以讚美"。

*She is a perfect **complement** to her husband.*
*It's always good to pass the odd **compliment**.*

● Tips ● 記住 A compl**i**ment is the opposite of an **i**nsult and a compl**e**ment compl**e**tes something.

confidant, confident

a confidant 是 "你會對他傾吐秘密的朋友"。confident 則解作 "相信的" 或 "有自信的"。

> *a trusted **confidant***
> *We are **confident** you will do a good job.*

council, counsel

a council 是 "推選出來、負責照顧一個地區事務的一群人"。counsel 用作名詞時，是 "忠告或建議"，用作動詞時，則是 "給忠告或提建議"。

> *the **parish** council*
> *I **counseled** her to forgive him.*

● Tips ● 記住 The council members take minutes with pencils.

currant, current

a currant 是 "一種細小的乾葡萄"。a current 用作名詞時，指 "水流、氣流或電流"，用作形容詞時，也解作 "正在發生的"。

> *a **currant** bun*
> *an electrical **current***

● Tips ● 記住 There are currants in cakes and currents in electricity.

dairy, diary

a dairy 是 "販賣牛奶、奶油和乳酪等的店舖"；dairy products 就是 "奶製品"。a diary 則是 "用來記錄約會的小本子，像記事簿或日記"。

> *She worked in a **dairy**.*
> *Make a note in your **diary**.*

● Tips ● 記住 The dairy next to the airport.

decease, disease

decease 解作 "死去"。a disease 則指 "疾病"。

> *my **deceased** father*
> *an infectious **disease***

● Tips ● 記住 If you are de**ceased** you have **ceased** to be.

defuse, diffuse

to defuse something 指 "減低危險性；平息"。to diffuse something 則是 "使某物擴散或分散"。diffuse 解作 "散佈到大片區域"。

> *Police **defused** a powerful bomb.*
> *The King will try to **defuse** the crisis*
> *The message was **diffused** widely.*
> *curtains to **diffuse** the glare of the sun*

dependant, dependent

指 "受撫養"，dependant 是名詞，dependent 是形容詞。

> *the child is her **dependant**.*
> *a **dependent** child*

desert, dessert

a desert 是 "沙漠"。to desert someone 則指 "拋棄某人"。a dessert 是 "在主餐之後供應的甜食"。

> *the Sahara **Desert***
> *She **deserted** me to go shopping.*
> *We had apple pie for **dessert**.*

● Tips ● 記住 A de**ss**ert is a **s**ticky **s**weet.

device, devise

有 c 的 device 是名詞，解作 "器具"。有 s 的 devise 則是

動詞，解作 "設計"。

> *a safety **device***
> *The schedule that you **devise** must be flexible.*

disc, disk

a disc 是 "平坦的圓形物品"。a disc 也指 "電腦用的儲存裝置"，也可指 "人體脊椎中的一片軟骨"。美式拼法則是把 disc 的各種用法都拼成 disk。compact disc 則是例外，一定要拼成 c。英式英語中，有時喜歡用 disk 這個拼法來指電腦的儲存裝置。

discreet, discrete

discreet 形容一個人 "謹慎可靠"，處理私人事務都很小心，不會引起尷尬。discrete 形容事物，指 "分散"，或是 "有區別的"。

> *We made **discreet** enquiries.*
> *The job was broken down into several **discrete** tasks.*

● Tips ● 記住 When discr**ete** means "separate", the **e**'s are separate.

draft, draught

a draft 指 "演說或文件的草稿"。a draught 指 "一股冷空氣"，或指 "一口吞下"（或吞下的液體量）。draughts 是一種熱門的棋盤遊戲。而 draughtsman 解作 "繪圖員"。

> *a **draft** of the president's speech*
> *There is an unpleasant **draught** in here.*
> *He drank the beer at one **draught**.*
> *a game of **draughts***
> *He worked as a **draughtsman**.*

● Tips ● 記住 A dr**aft** is **a** first **t**ry, and a dra**ught** goes thro**ugh** a room.

elegy, eulogy

an elegy 指 "悲傷的歌曲或詩篇"。a eulogy 則是 "讚揚某人或某事（物）的演説"。

> *elegies* of love and loss
> a nostalgic *eulogy* to Victorian England

elicit, illicit

to elicit something，指 "要取得某些資訊"。如果 something is illicit 的話，表示它是不合法的。

> I managed to *elicit* the man's name.
> *illicit* drugs

eligible, illegible

eligible 的意思是 "適合選出來做某事；合資格"。如果某東西很難讀懂，那東西就是 illegible。

> an *eligible* candidate
> *illegible* handwriting

● Tips ● 記住 **El**igible means suitable to be chosen, and so is related to the word **el**ect.

emigrate, immigrate

emigrate 表示 "離開一個國家，到別的地方生活"。這樣做的人就是 emigrant。immigrate 表示進入一個新國家並在當地生活。這樣做的人就是 immigrant。

> Her parents had *emigrated* from Scotland.
> Russian *immigrants* living in the United States

● Tips ● 記住 **I**mmigrants come **i**n.

eminent, imminent

如果説某人eminent，是指他名聲響亮且備受尊敬。imminent

則指 "即將發生"。

> *an **eminent** professor*
> *an **imminent** disaster*

emit, omit

　　如果 something is emitted, 這件事就是被人洩漏了。如果你 omit something，就是你忽略了這件事。同樣的，洩漏或發射出去的東西就是 an emission，而被遺漏的東西就是 omission。

> *cars **emitting** exhaust fumes*
> *She was **omitted** from the team.*
> *a programme to cut carbon **emissions***
> *a surprising **omission** from the list of great painters...*

enquire, inquire

　　這是同一個詞的不同拼法。拼成 e 或 i 都可以，不過 inquire 這個形式比較常見。有些人會用 enquire 表示 "查詢"，並用 inquire 表示 "調查"。

ensure, insure

　　to ensure something happens, 是確保某事會發生。to insure something 就是為某事物購買保險，以彌補損失。to insure against something 就是採取行動以避免某事發生，或是保護自己。

> *His performance **ensured** victory for his team.*
> *You can **insure** your cat or dog for a few pounds.*
> *Football clubs cannot **insure** against the cancellation of a match.*

envelop, envelope

　　envelop 用作動詞時，表示 "覆蓋或包圍"，用作名詞時，字尾有 e，指 "信封"。

> *Mist began to **envelop** the hills.*
> *a self-addressed **envelope***

exercise, exorcize

to exercise 用作動詞時，是 "做運動鍛煉身體"，用作名詞時，則指 "鍛煉身體的活動"。to exorcize an evil spirit 則表示 "驅趕邪靈"。

> **● Tips ●**　　記住 You exercise your legs but exorcise a ghost.

faun, fawn

a faun 是 "一種傳說中的生物"。a fawn 則是 "小鹿寶寶"，也指 "淡褐色"，而 to fawn on / over someone, 則表示 "奉承某人"。

> *a story about **fauns** and centaurs*
> *Bambi the **fawn***
> *a **fawn** jumper*
> ***fawning** over his boss*

final, finale

final 指 "一系列的最後一個"，而 a final 則是一系列的運動或比賽的最後一場，用以決定最後贏家。a finale 字尾有 e，指的是 "某事的結束"，尤其是指 "樂曲或表演的最後一部分"。

> *the World Cup **Final***
> *a fitting **finale** to the process*
> *the **finale** of a James Bond film*

flare, flair

flair 是 "能力"。a flare 是 "明亮的煙火"，而 to flare 也指 "變寬"。

> *She showed natural **flair**.*
> ***flared** trousers*

flour, flower

flour 是 "烘焙用的麵粉"。a flower 指 "花"。

> *self-raising flour*

a basket of flowers

> ● Tips ● 記住 Flour makes biscuits and dumplings.

forgo, forego

to forgo 指 "選擇不要擁有某物"。to forego 則指 "走在…前面"，是一個比較少見的詞。

> *I decided to **forgo** the pudding.*
> *I will ignore the **foregoing** remarks.*

fowl, foul

foul 指 "骯髒" 或 "討厭的"，而 a foul 亦指 "運動中違反規則的挑戰"。fowl 是指 "可供食用的禽鳥"。

> ***foul** play*
> *booked for a bad **foul***
> *a shop selling wild **fowl***

> ● Tips ● 記住 An **owl** is a f**owl** but foul is **u**npleasant.

gambol, gamble

to gambol 指 "活躍地跑來跑去"。to gamble 指 "接受風險；賭"。而 a gamble 則指 "所冒的風險；賭博"。

> *lambs **gamboling** on the hillside*
> *to **gamble** on horses*
> *Going there would be an enormous **gamble**.*

gorilla, guerrilla

a gorilla 是 "體型龐大的猿類動物"。a guerrilla 是 "游擊隊"。

> *a documentary about **gorilla** and chimps*
> *ambushed by a band of **guerrillas***

> ● Tips ● 記住 King K**o**ng was a giant g**o**rilla.

grate, great

a grate 用作名詞時，指 "金屬條框架"，用作動詞時則解作 "磨碎"。great 解作 "非常大" 或 "非常好"。

> the **grate** over the drain
> **grated** cheese
> a **great** expanse of water
> the **great** composers

grill, grille

a grill 用作名詞時，是 "烹煮食物的器具"，用作動詞時，則指 "在這種器具裏烹煮食物"。a grille 是 "安放在開口處的金屬框，如護柵"。

> Cook the meat under the **grill**.
> **Grill** it for ten minutes.
> iron **grilles** over the windows

grisly, grizzly

grisly 指 "糟糕或令人驚慌"。grizzly 則指 "灰色或有灰色條紋"。a grizzly 也是一種 "熊"。

> **grisly** murders
> a **grizzly** bear

hangar, hanger

a hangar 是 "飛機停放的地方"。a hanger 是 "衣架"。

> a row of disused aircraft **hangars**
> Put your coat on a **hanger**.

hear, here

to hear 是 "用耳朵聽到聲音"。something that is here 是指 "某物在此處" 或 "某事在這個時間點發生"。

*Can you **hear** me?*
*We come **here** every summer.*

heir, air

an heir 是 "會繼承某些東西的人"。air 是 "空氣"。

*His **heir** received a million pounds.*
*polluted **air***

heroin, heroine

heroin 是 "一種毒性很強的毒品"。heroine 則是 "電影裏的女主角"。

*addicted to **heroin***
*the **heroine** of the film*

hoard, horde

to hoard 是 "把東西儲存起來"，而 a hoard 是指 "儲存下來的東西"。a horde 是 "一大群人、動物或昆蟲"。

*a priceless **hoard** of modern paintings*
*a **horde** of press photographers*

hour, our

an hour 是 "一小時"。our 指 "屬於我們的"。

*a journey of four **hours***
***our** favourite coffee shop*

humus, hummus

humus 是 "土壤中腐敗的植物物質"。hummus 是 "一種用鷹嘴豆做成的食物"。

*soil enriched with **humus***
*a lunch of salad and **hummus***

Hungary, hungry

Hungary 是 "匈牙利"。拼寫的時候有 a，和 hungry 不一樣，hungry 指的是 "想吃東西"

> ● Tips ●　記住 **Gary** from Hun**gary** gets an**gry** when he is hun**gry**.

idol, idle

an idol 是 "被球迷、影迷或歌迷崇拜的名人"，或 "被當作神明膜拜的畫或雕像"。idle 解作 "甚麼都不做"。

> the **idol** of the United supporters
> the villagers worshipped golden **idols**.
> He's an **idle** layabout.

> ● Tips ●　記住 To be id**le** takes **l**itt**le** **e**n**e**rgy.

it's, its

it's 有單引號，是 "it is 的縮寫"。its 沒有單引號，用來描述 "屬於某物的東西"，或與之前提及的事物有關的東西。

> **It's** cold.
> The lion lifted **its** head.

jewel, dual

a jewel 指 "寶石"。dual 是 "由兩部分組成"。

> a box full of **jewels**
> a **dual** carriageway

kerb, curb

a kerb 是 "馬路邊隆起來的部分"。to curb something 指 "加以限制"。

> The car mounted the **kerb**.
> I tried to **curb** my enthusiasm.

在美式英語中，用 curb 一種拼寫形式代表這兩種意思。

kernel, colonel

a kernel 指"種子或堅果的一部分"。a colonel 指"軍官"。

*apricot **kernels***
*a **colonel** in the French army*

> **● Tips ●**　記住 The co**lonel** is a **lonely** man.

know, now

to know something 指"知道某事"。now 則指"現在"。

*Do you **know** the way to the bus station?*
*I'm just leaving **now**.*

leant, lent

leant 是動詞 lean 的過去式。lent 是動詞 lend 的過去式。

*She **leant** back in her chair.*
*She was **lent** Maureen's spare wellingtons.*

led, lead

led 是動詞 lead 的過去式。lead 在唸成 led 的時候，是指一種軟金屬"鉛"，或"鉛筆能書寫的部分"。

*the road which **led** to the house*
***lead** poisoning*

licence, license

指"牌照"，字尾是 ce，用作名詞。而字尾是 se，則用作動詞。

*a driver's **licence***
*a TV **licence***
*Censors agreed to **license** the film.*
*They were **licensed** to operate for three years.*

lightening, lightning

lightening 是動詞 lighten 的 -ing 形式，意思是 "變得比較明亮"。lightning 沒有 e，是指 "天空中的閃電"。

> *The sky was **lightening**.*
> *forked **lightning***

loath, loathe

如果你 loath to do something，表示 "很不想做某事"。to loathe 字尾有 e，是 "恨惡某事或某物"。

> *I am **loath** to change it.*
> *I **loathe** ironing.*

● Tips ●　記住 I loath**e** that **e** at the end!

lose, loose

something loose 是指 "沒有牢牢地固定住" 或是 "不吻合"。to lose something 是 "不再繼續擁有某物"，而 to lose 也表示 "被打敗"。

> ***loose** trousers*
> *Why do you **lose** your temper?*
> *We win away games and **lose** home games.*

mat, matt

a mat 是 "地毯"。a matt colour 則是 "很黯淡的顏色"。

> *the kitchen **mat***
> ***matt** paint*

metre, meter

a meter，字尾是 er，指 "測量、記錄的儀器"。a metre，字尾是 re，是 "測量的公制單位 (米)"。

> *the gas **meter***
> *ten **metres** long*

美式英語中，meter 的拼寫形式都表示這兩種用法。

miner, minor, mynah

a miner，字尾是 er，是指〝在礦坑中工作的人〞。minor 的字尾是 or，指〝較不重要〞或〝較不嚴重〞。a minor 也指〝十八歲以下的人〞。這些拼寫形式也常被誤用成 mynah，是〝一種會模仿聲音的雀鳥〞。

> *His grandfather was a **miner**.*
> *a **minor** incident*
> *a pet **mynah** bird*

morning, mourning

the morning 是〝早上〞。mourning 是動詞 mourn 的名詞形式，指〝哀悼去世的人〞。

> ***morning** coffee*
> *a period of **mourning** for the victims*

net, nett

a net 是〝一種網狀布織品〞。a nett result，是指〝考慮過所有因素之後的最終結果〞。

> *a fishing **net***
> ***net** curtains*
> *a **nett** profit*

of, off

of 的唸法就像字尾有個 v，通常用於片語，像 a cup of tea 和 a friend of his。off 的唸法和拼法一樣，意思則和 on 剛好相反。

> *a bunch **of** grapes*
> *They stepped **off** the plane.*
> *I turned the television **off**.*

palate, palette, pallet

palate 是 "口腔內的頂部",而 palate 也指 "判斷食物或酒的味道的能力"。a palette 是 "藝術家用來調色的盤子",而 a palette 也指一系列的顏色。a pallet 指 "塞稻草的牀、陶藝家用的抹刀,或是堆貨的平台"。

> *a coffee to please every **palate***
> *a natural **palette** of earthy colours*
> *She lay on her **pallet** and pondered her fate.*

passed, past

passed 是動詞 pass 的過去式。to go past something 則指 "從該事(物)旁經過"。past 是指 "過去或描述過去存在的事物"。

> *He had **passed** by the window.*
> *I drove **past** without stopping.*
> *the **past** few years*

peace, piece

peace 是 "一種冷靜和安靜的狀態"。a piece 是 "某事(物)的一部分"。

> *I enjoy the **peace** of the woods.*
> *the missing **piece** of a jigsaw*

● Tips ● 記住 a **pie**ce of **pie**.

pedal, peddle

a pedal 用作名詞時,是 "用腳控制的踏板",用作動詞時,是 "移動踏板"。而 to peddle something 則是 "非法販賣某物"。

> ***pedalling** her bicycle to work*
> ***peddling** drugs*

pendant, pendent

　　a pendant 是 "掛在脖子上的某物"。pendent 則是一個比較少見的字，意思是 "吊着、掛着"。

> *a **pendant** with a five-pointed star*
> ***pendent** yellow flowers*

peninsula, peninsular

　　指 "半島"，peninsula 是名詞，peninsular 是形容詞。

> *The Iberian **peninsula** consists of Spain and Portugal.*
> *a **peninsular** city*

personal, personnel

　　personal 指的是 "屬於個人，或和個人有關係的"。personnel 是 "受僱從事某種工作的人"。

> *a **personal** bodyguard*
> *a change in **personnel***

pore, pour

　　pore over something 表示 "對某事或某物研究得很仔細"，而 a pore 也指 "皮膚表面的小孔"。to pour something 指 "使該物從容器中流出來"，something pours 則指 "某物會流動"。

> ***poring** over a map*
> *the rain was **pouring** down.*

practice, practise

　　指 "練習"，字尾是 ce，用作名詞。字尾是 se，則用作動詞。

> *target **practice***
> *In **practice**, his idea won't work.*
> *We must **practise** what we preach.*

> ● Tips ●　記住 practice, practise 的字尾和 advice, advise 的字尾一樣：名詞的結尾是 ce，動詞的結尾是 se。

pray, prey

to pray 指 "祈禱"。prey 則指 "動物捕殺來吃的獵物"。

> *praying for a good harvest*
> *a lion in search of its prey*

precede, proceed

something which precedes another，表示 "某事發生在另外一件事之前"。proceed 表示 "開始或繼續做某事"。

> *This is explained in the preceding chapter.*
> *young people who proceed to higher education*

prescribe, proscribe

to prescribe something 是 "下令實行或採用某物"。to proscribe something 則是 "禁止或剝奪"。

> *The doctor will prescribe the right medicine.*
> *Two athletes were banned for taking proscribed drugs.*

principal, principle

principal 指 "主要的" 或 "最重要的"，也解作 "中小學或大專院校的校長"。a principle 是指 "一般原則"，或是 "你對自己應有的行為舉止的信念"。in principle 指的是 "原則上"。

> *The Festival has two principal themes.*
> *the basic principles of marxism*
> *a woman of principle*
> *the invitation had been accepted in principle.*

● Tips ● 記住 My **pal** is the princi**pal**; you must **le**arn the princip**le**s.

program, programme

a program 是 "電腦程式"，program a computer 指 "用程

式操作電腦"。a programme 是"指計劃或行程表",也指"電視或電台節目"。

> *a computer **program***
> *a **programme** about farming*

prophecy, prophesy

指"預言或預測",prophecy 有 c,是名詞。prophesy 有 s,是動詞。

> *I will never make another **prophecy**.*
> *I **prophesy** that Norway will win.*

quiet, quite

quiet 表示"安靜,不吵鬧"。quite 表示"相當程度,卻不是非常"。

> *a **quiet** night*
> *He is **quite** shy.*

> ● Tips ●　記住 A quiet pet can have quite a bite.

rain, reign, rein

rain 是"從雲中落下來的雨水"。to reign 是"統治一個國家",或是"擔任某情境中最重要的角色"。reins 是"控制馬匹或小孩用的皮帶",to rein in something 則是"加以控制"。

> *torrential **rain***
> *She **reigned** for just nine days*
> *Peace **reigned** while Charlemagne lived.*
> *Keep a tight grip on the **reins**.*
> *She **reined** in her enthusiasm.*

rigor, rigour

rigor 用於片語 rigor mortis,意思是"屍體僵硬"。rigour 是"嚴厲或徹底",而 rigours 則是"關於某項活動的難度"。

Rigor mortis had set in.
*intellectual **rigour***
*the **rigours** of the football season*

roll, role

roll 用作名詞時，是"某種捲成圓柱或筒裝的東西"，用作動詞時，表示"使某東西像球一樣滾動"。a role 則是"你負責扮演的角色"。

*a **roll** of paper*
*to **roll** the dice*
*He play a major **role** in the incident.*

sceptic, septic

a sceptic 是指"抱懷疑態度的人"。something that is septic，是指"受細菌感染"。

*a **sceptic** about religion*
*the wound turned **septic**.*

● Tips ● 記住這些詞的拼法都和它們的發音一樣。

sight, site

sight 是"視力"，也解作"看到的東西"。a site 是"有特殊用途的地方"。

*an operation to improve his **sight***
*I can't stand the **sight** of all this mess.*
*a building **site***

stationary, stationery

stationary 中有 a，意思是"不動"。stationery 中有 e，指"紙、筆和其他文具"。

*The traffic is **stationary**.*
*the **stationery** cupboard*

> ● Tips ● 記住 Stationery is envelopes, but stationary is standing still.

stile, style

a stile 是 "協助你爬過圍欄或籬笆的踏腳台階"。style 是 "處理事情的手法",或是 "有魅力的做事方法"。

> *He clambered over the **stile**.*
> *cooked in genuine Chinese **style***
> *She dresses with such **style**.*

storey, story

a storey 是建築物裏的一層。a story 則解作 "故事"。

> *a house with three **storeys***
> *a **story** my grandfather told me*

strait, straight

strait 指 "狹窄",可以在 straitjacket 和 straitlaced 兩個詞中看到。a strait 則是 "一條狹長的水道"。straight 指 "不是彎的"。

> *the **Straits** of Gibraltar*
> *a **straight** line*

symbol, cymbal

a symbol 是 "能代表某樣東西的物件"。a cymbal 則是 "一種樂器"。

> *a **symbol** of fertility*
> *the clash of the **cymbals***

there, their, they're

their 指 "屬於某人的東西" 或 "之前已提及的某人擁有的東西"。there 則指 "某物存在或不存在、引起對某事(物)的注意、或指出某物正在某處,或將要到某處的用語"。they're 有單引號，是 they are 的縮寫。

> *people who bite **their** nails*
> ***There** is no life on Jupiter.*
> ***There's** Kathleen!*
> *They didn't want me **there**.*
> ***They're** a good team.*

through, threw

through 指 "從一邊到另一邊"。threw 則是動詞 throw 的過去式。

> *They walked **through** the dense undergrowth.*
> *Youth **threw** stones at passing cars.*

tide, tied

the tide 是 "海潮"。tied 是動詞 tie 的過去式。

> *high **tide***
> *a beautifully **tied** bow*

tire, tyre

to tire 指 "失去了活力"。a tyre 則是 "輪胎"。

> *We began to **tire** after a few miles.*
> *a flat **tyre***

在美式英語中，tire 的拼寫形式可用於這兩個意思。

two, to, too

two 是數字 2。to 這個字有很多用法，可以作介詞指示方向，像 to the house 這個片語，也可在後面加上動詞組成不定詞，像 to go。 too 則表示 "另外" 之意。

> *I have **two** sisters.*
> *We went **to** Barcelona.*

*I need **to** leave soon.*
*Will you come **too**?*

tongs, tongue

tongs 是 "用來抓握或拿起東西的工具"。tongue 則是 "舌頭"。

*curling **tongs***
*It burnt my **tongue**.*

vein, vain

vain 指 "不成功"。vain 也指 "對自己的外表或能力感到驕傲"。vein 是 "人體內的靜脈血管"。a vein 也指 "心情" 或 "風格"。

*a **vain** attempt to negotiate a truce*
*You're so **vain**!*
*the jugular **vein***
*writing in a jocular **vein***

● Tips ● 記住 To be **va**in is **v**ery **a**rrogant, but a **ve**in is a blood **ve**ssel.

wander, wonder

to wander 指 "悠閒地散步"。to wonder 是 "思索" 或 "詢問" 某事。

*She **wandered** aimlessly about the house.*
*I **wonder** what happened.*

weather, whether

the weather 指 "天氣"。whether 是用來 "引出兩個或多個選擇" 的用語。

*the **weather** forecast*
*I'm not sure **whether** to stay or to go.*

way, weigh

a way 指 "路徑" 或 "通道", 或 "做事方法"。to weigh something 則是 "找出某物的重量"。

> *Is this the way to the beach?*
> *You're doing it the wrong way.*
> *Weigh the flour.*

which, witch

which 是 "用來引出問題的詞", 或是 "用來指出之前曾經提過的事物"。a witch 是 "擁有魔法力量的女人"。

> *Which house is it?*
> *the ring which I had seen earlier*
> *a story about witches and wizards*

whose, who's

who's 有單引號, 是 "who is 的縮寫"。whose 沒有單引號, 字尾有 e, 是用來 "詢問某東西的所有權", 或 "指出先前提到事物的所屬物或相關物"。

> *He knows who's boss.*
> *Who's there?*
> *a little boy whose nose grew every time he told a lie*
> *Whose coat is this?*

wrap, rap

to wrap something 是 "將某東西包裹起來", 而 a wrap 則指 "用來包裹某物的東西"。a rap 是 "短促的敲擊", 而 rap 則是 "一種特殊風格的音樂"。

> *to wrap presents*
> *a towelling wrap*
> *a rap on the door*
> *They like listening to rap.*

wring, ring

a ring 是 "鈴發出的聲音"，也指 "圓形的環" 或 "包圍的圈"。to wring something 則指 "加以扭絞"。

> the **ring** of the doorbell
> dancing in a **ring**
> **wringing** out the wet clothes

● Tips ● 記住 You **w**ring out something **w**et.

wry, rye

wry 指的是 "諷刺" 或 "挖苦"。rye 則是 "某種禾草或穀物"。

> a **wry** smile
> a sandwich made with **rye** bread

yoke, yolk

a yoke 是 "壓迫的力量" 或 "負擔"。a yoke 也是 "一種木頭橫樑"，架在兩隻動物身上，使牠們能以團隊形式一起工作，而 to yoke things together 則是 "將東西連起來"。雞蛋的蛋黃則是 yolk。

> a country under the **yoke** of oppression
> They are **yoked** to the fortunes of the Prime Minister.
> I like the **yolk** to be runny.

your, you're

your 沒有單引號，用來指 "說話對象的所屬物或相關物"，或泛指 "一般人"。you're 有單引號，字尾有 e，是 "you are 的縮寫"。

> **Your** sister is right.
> Cigarettes can damage **your** health.
> **You're** annoying me.

了解詞彙彼此的關係，對拼字很有幫助。例如在拼 typical 的時候，如果能聯想到相關的 type，就可知道 t 應後接 y。

不過也有一些陷阱。有時候，感覺上某些字似乎應該依循特定規則，或者拼法和發音應該一樣，但卻發現完全不是這麼一回事。在拼寫以下詞的時候要特別注意。

aeroplane

字首是 ae，不要被 airport 弄混了。

agoraphobia

g 後面有 o。不要被 agriculture 弄混了。

ancillary

ll 後面沒有 i，不要被 auxiliary 弄混了。

bachelor

ch 前面沒有 t，不要被 batch 弄混了。

comparison

r 後面的字母是 i，不要被 comparative 弄混亂了。

> Tips ● 記住 There is no com**paris**on with **Paris**.

curiosity

o 後面沒有 u。不要被 curious 弄混了。

denunciation

u 前面沒有 o。不要被 denounce 弄混了。

deodorant

r 前面沒有 u。不要被 odour 弄混了。

desperate

p 後面的元音字母是 e。不要被 despair 弄混了。

develop

字尾沒有 e。不要被 envelope 的字尾弄混了。

disastrous

t 後面沒有 e。不要被 disaster 弄混了。

duly

u 後面沒有 e。不要被 due 弄混了。

extrovert

v 前面的元音字母是 o。不要被 extra 弄混了。

flamboyant

o 前面沒有 u。不要被 buoyant 弄混了。

forty

o 後面沒有 u。不要被 four 弄混了。

glamorous

第一個 o 後面沒有 u。不要被 glamour 弄混了。

hindrance

d 後面沒有 e。不要被 hinder 弄混了。

*hypochondriac

p 後面的元音字母是 o。不要被比較常見的前綴 hyper- 弄混了。

*hypochondriac 憂鬱症的

*inoculate

i 後面只有一個 n。不要被 innocuous 弄混了。
*inoculate 預防接種、灌輸

liquefy

f 前面的元音字母是 e。不要被 liquid 弄混了。

*minuscule

n 後面的元音字母是 u。不要被 mini 弄混了。
*minuscule 草寫小字、小寫字體

negligent

l 後面的元音字母是 i。不要被 neglect 弄混了。

ninth

th 前面沒有 e。不要被 nine 弄混了。

obscene

s 後面有 c。不要被 obsess 弄混了。

offensive

n 後面有 s。不要被 offence 弄混了。

*orthodox

字首是 or。不要被 authority 弄混了。
*orthodox 正統的、傳統的

*ostracize

中間的元音字母是 a。不要被 ostrich 弄混了。
*ostracize 排斥

personnel

有兩個 n。不要被 personal 弄混了。

pronunciation

u 前面沒有 o。不要被 pronounce 弄混了。

questionnaire

有兩個 n。不要被 millionaire 弄混了。

refrigerator

g 前面沒有 d。不要被 fridge 弄混了。

*sacrilegious

l 前面有個 i，後面有 e。不要被 religion 弄混了。

*sacrilegious 褻瀆神明的、該受天譴的

supersede

字尾是 sede。不要被 recede 和 precede 之類的詞弄混了。

truly

u 後面沒有 e。不要被 true 弄混了。

wondrous

d 後面沒有 e。不要被 wonder 弄混了。

Other commonly misspelt words
其他常見的拼寫錯誤

本書的索引列出一些常見的拼寫錯誤，這些詞無法清楚歸納到前面討論過的分類裏面。

這些詞彙有時很難拼，因為它們的發音不同於拼寫形式。問題在於某個發音可能有幾種拼法，必須清楚知道每個特定的字是怎樣拼的。這些詞彙具有好幾種罕見特徵。

這些詞值得學習，以下也有一些能記住這些拼法的秘訣。

absence
字首有一個 s，字尾有一個 c，和其反義詞 presence 一樣。

abysmal
b 後面的元音其實是 y。

accede
字尾是 cede，和 concede 及 recede 一樣。

ache
輔音的拼法是 ch，字尾有 e。

> **Tips** 記住 An **ache** needs **a che**ap remedy.

acknowledge
第二個音節的拼法是 know。

> **Tips** 記住這個字是 **ac** + knowledge 組成的。

adequate
d 後面的元音字母是 e。

advantageous
g 後面有 e。

advertisement
s 後面有 e。

● Tips ●　記住這字由 advertise 和後綴 **-ment** 組成。

aerial
字首是 ae，和 aeroplane 一樣。

aesthetic
在英式拼法中，e 前面有 a。美式拼法是 esthetic。

aficionado
中間是 cio。這個字源於西班牙文。

amethyst
第二個元音字母是 e，最後的元音字母是 y。

anaesthetic
在英式拼法中，e 前面有 a。美式拼法是 anesthetic。

analysis
l 後面的元音字母是 y，最後的元音字母是 i。

● Tips ●　記住 analysis 和 analyse 相關。

annihilate
有兩個 n，中間是 ihi，和相關字 nihilism 相同。

anonymous
n 和 m 之間的元音字母是 y，字尾是 ous。

anxious
　x 後面有 i。

apology
　l 後面的元音字母是 o。

　🔵 Tips 🔵 　記住 I will **log** an apo**log**y.

arbitrary
　y 前面有 ar，説話時往往會省略。

architect
　c 後面有 h。

argue
　字尾是 ue。

atheist
　第一個元音字母是 a，第二個元音字母是 e。

attendance
　字尾是 ance。

　🔵 Tips 🔵 　記住 You **dance** atten**dance** on someone.

atrocious
　字尾是 cious，和 delicious 一樣。

attach
　ch 前面沒有 t，和反義詞 detach 一樣。

　🔵 Tips 🔵 　記住 Atta**ch** a **c**oat **h**ook to the wall.

auxiliary
　只有一個 l，後面接着 i。

awful

w 後面沒有 e，字尾只有一個 l。

bachelor

ch 前面沒有 t。

● Tips ●　記住 Was **Bach** a **bach**elor?

barbecue

一般的拼法是 cue。這字也可拼成 barbeque。

because

c 後面的元音拼為 au，字尾是 se。

● Tips ●　記住 **B**ig **e**lephants **c**an **a**lways **u**nderstand **s**mall **e**lephants.

beggar

字尾是 ar。

● Tips ●　記住 There is a begg**ar** in the g**ar**den.

berserk

s 前面有 r，説話時往往會省略。

boundary

d 後面有 a，説話時往往會省略。

breadth

元音拼為 ea，th 前面還有 d。

Britain

最後的元音拼為 ai，和 certain 一樣。

● Tips ●　記住 There is a lot of r**ain** in Brit**ain**.

broad

元音拼為 oa。

> **Tips** 記住 **B-roads** can be quite **broad**.

bronchitis

c 後面有 h，字尾是 itis。

bruise

字尾是 uise，和 cruise 一樣。

buoy

o 前面有 u。

> **Tips** 記住 A **buoy** is a **b**ig **u**nsinkable **o**bject **y**oked in the sea.

buoyant

o 前面有個 u，和 buoy 一樣。

bureaucracy

中間的元音拼為 eau，字尾是 cy。

> **Tips** 記住字首和 bureau 一樣。

burglar

字尾是 ar。

business

字首是 busi。

> **Tips** 記住 It's none of your **bus**iness what **bus I** get!

caffeine

這是 "除了 i 前面是 c 之外，i 一定排在 e 前面" 的例外。

calendar

中間的元音是 e，字尾是 ar。

carriage

age 前面有 i，和 marriage 相同。

catalogue

字尾是 ogue，和 dialogue 相同。

category

t 後面的元音字母是 e。

cauliflower

第一個元音拼為 au。

ceiling

字首是 c，第一個元音拼為 ei。

> **Tips** 記住規則是「除了 i 前面是 c 之外，i 一定排在 e 前面」。

cellophane

第一個字母是 c，中間有 ph。

cemetery

這個字裏面所有的元音字母都是 e。

> **Tips** 記住 A parking **meter** at the ce**meter**y.

certain

最後一個元音拼為 ai，和 curtain 一樣。

choir

字的拼寫方式法和讀音不同：字首是 ch，元音則拼成 oir。

> **Tips** 記住 **Cho**irs sing **cho**ral music.

claustrophobia
第一個元音拼為 au，ph 前面另有一個 o。

cocoa
第一個元音字母是 o，第二個元音則拼為 oa。

coconut
有兩個 o，和 cocoa 一樣。

coffee
有重複的 f，字尾是 ee，和 toffee 一樣。

competent
第二個元音字母和第三個元音字母都是 e。

● Tips ●　記住 You must be **compete**nt in order to **compete**.

competition
p 後面的元音是 e。

● Tips ●　記住 You **compete** in a **competi**tion.

complexion
e 後面的字母是 x。

● Tips ●　記住 **X** marks the spot!

concede
字尾是 cede，和 accede 及 recede 一樣。

conference
f 後面的元音是 e，和相關字 confer 一樣。

congeal
n 後面的字母是 g，字尾是 eal。

conscience

第一個 n 後面的音拼為 sci。

● Tips ● 記住字尾和 science 相同。

conscientious

字尾是 tious。這個字和 conscience 有關，但 c 要改成 t。

conscious

第一個 n 後面的音拼為 sci。

contemporary

y 前面有一個 ar，説話時往往會省略。

continent

中間的元音字母是 i，字尾是 ent。

controversial

第一個 r 後面的元音字母是個 o。

● Tips ● 記住在關聯字 controversy 中，元音字母 o 的發音比較清晰。

convenient

字尾是 ent。

counterfeit

字尾是 eit，和 forfeit 及 surfeit 一樣。

courteous

第一個元音拼為 our，在 ous 前面有 e。

criticize

第二個 i 後面的字母是 c，和相關字 critic 一樣。

crocodile

中間的元音字母是 o。

● Tips ● 記住 A crocodile has eaten a **cod**.

crucial

u 後面的字母是 c。

cruise

字尾是 uise，和 bruise 一詞相同。

currency

中間的元音字母是 e。

curtain

最後一個元音拼為 ai，和 certain 相同。

● Tips ● 記住 Always buy plain curtains.

cycle, cylinder, cynic, cyst

字首是 cy。

decrease

字尾是 ease。

● Tips ● 記住 Decrease with **ease**.

definite

f 後面的元音字母是 i，字尾是 ite，和相關字 finite 一樣。

deliberate

第一個元音字母是 e，字尾是 ate。

● Tips ● 記住相關字 deliberation。

delicious

字尾是 cious，和 atrocious 一樣。

demeanour

字尾是 our。

● Tips ● 記住 Demean**our** can mean **our** behavi**our**.

derogatory

ry 前面有 o，說話時往往會省略。

● Tips ● 記住 She was derog**atory** about **a Tory**.

describe

第一個元音字母是 e。

desperate

p 後面的元音字母是 e。

detach

ch 前面沒有 t，和反義詞 attach 一樣。

deter

字尾是 er。

different

f 後面有 e，說話時往往會省略。

dilapidated

字首是 di（不是 de）。

● Tips ● 記住 A **di**lapidated building is **di**sused.

dinosaur

中間的元音字母是 o。

● Tips ● 記住 There are **no** di**no**saurs **now**。

eccentric

字首有兩個 c。

ecstasy

字尾是 asy，和 fantasy 一樣。

elegant

l 後面的元音是 e。

● Tips ● 記住 Elegant legs.

eighth

只有一個 t，雖然這個字源於 eight + th

● Tips ● 記住 Edith is going home to Henry.

either

e 在 i 前面，和相關字 neither 相同。

emphasis, emphasize

m 後面的音拼為 ph。

encyclopedia, encyclopaedia

p 後面可以接 e，也可以拼成 ae。
p 前面的元音字母是 o。

endeavour

中間的元音拼為 ea，字尾是 our。

exasperate

字首是 exa，p 後面的元音字母則是 e。

exercise

字首是 exe，字尾是 ise。

expense

字尾是 se，用的是 s，和相關字 expensive 一樣。

extension

字尾是 sion。

◐ Tips ◑ 記住這個字和 extensive 有關。

extravagant

v 後面的元音字母是 a。

◐ Tips ◑ 記住 There are an extravagant number of **a**'s in extr**a**v**a**g**a**nt.

facetious

字尾是 tious。

◐ Tips ◑ 記住 The word f**a**c**e**t**iou**s contains the vowels **a**, **e**, **i**, **o**, **u** in order.

family

m 後面有個 i，說話時往往會省略。

◐ Tips ◑ 記住 You should be fam**i**liar with your family.

fascinate

s 後面有 c。

fatigue

字尾是 gue。

favourite

中間的元音拼為 ou。

◐ Tips ◑ 記住 This one is **our** fav**our**ite.

feasible

第一個元音拼為 ea，字尾是 ible。

February

b 後面有個 r，說話時常會省略。

feud

中間拼為 eu。

● Tips ●　記住 **F**euds **e**nd **u**p **d**isastrously.

fifth

th 前面有個 f。

foreign

字尾是 eign，和 sovereign 及 reign 一樣。

這是"除了 i 前面是 c 之外，i 一定排在 e 前面" 規則的例外。

forfeit

字尾是 eit，和 counterfeit 及 surfeit 一樣。

這是 "除了 i 前面是 c 之外，i 一定排在 e 前面" 規則的例外情況。

friend

i 在 e 前面。

● Tips ●　記住規則是 "**i** 排在 **e** 前面，但在 **c** 之後除外"

gauge

a 後面有個 u。

● Tips ●　記住 **G**reat **A**unt **U**na **g**rows **e**ggplants.

generate, generation

n 後面的元音字母是 e。

genuine

字尾是 ine。

gipsy, gypsy

g 後面用 i 或 y 來拼都可以。

glimpse

s 前面有個 p，說話時往往會省略。

grammar

字尾是 ar。

● Tips ● 記住 grammar 的相關字 grammatical。

gruesome

u 後面有 e，字尾還有另外一個 e。

guarantee, guard, guess, guide, guillotine, guilty, guitar

這些詞的 g 後面都有 u。

gymkhana, gymnasium

g 後面的元音拼為 y。

*harangue

字尾是 gue，和 tongue 一樣。

*harangue 高談闊論，大聲訓斥

參見 tongue

hatred

最後的元音字母是 e。

*hearse

元音拼為 ea，字尾則有 e。

● Tips ● 記住 I didn't **hear** the **hear**se。

*hearse 靈車

height

中間是 eigh，像 weight 一樣。

heir

h 不發音，字尾是 eir。

🔵 Tips 🔵　記住 **H**appy **E**dward **i**s **r**ich.

*hereditary

ry 前面有 a，說話時往往會省略。

*hereditary 世襲的、遺傳的

*holocaust

l 後面的元音字母是 o。

*holocaust 大屠殺

honorary

第二個 o 後面沒有 u，y 前面的 ar 在說話時往往會省略。

*horoscope

r 後面的元音字母是 o。

*horoscope 占星術、星座算命

*hyacinth

h 後面的元音字母是 y，a 後面的字母是 c。

*hyacinth 風信子

hygiene

第一個元音是 y，第二個元音則拼為 ie。

hyphen

第一個元音是 y。

hypochondriac

p 後面的字母是 o，後面接着 ch。

*hypochondriac

hypocrite

p 後面的字母是 o，字尾是 ite。

hypocrisy

p 後面的字母是 o，字尾是 isy。

hysteria

第一個元音是 y。

idiosyncrasy

d 後面的元音字母是 i，s 後面的元音字母是 y，字尾是 asy。

imaginary

n 後面有一個 a，說話時往往會省略。

incense

第一個 n 後面的字母是 c，但第二個 n 後面的字母是 s。

incident

n 後面的字母是 c，再接下去是 i。

incongruous

r 後面是 u。

independent

最後一個元音字母是 e。

input

字首是 in。這是規則 "前綴 in 若在 p 前面就要改成 im" 的例外。

integrate

g 前面的元音字母是 e，和 integral 一樣。

intrigue

字尾是 igue。

introduce

d 前面的元音字母是 o。

irascible

s 後面有個 c，字尾是 ible。

issue

中間有重複的 s，和 tissue 一樣。

itinerary

y 前面有個 ar，說話時往往會省略。

jealous, jealousy

第一個元音拼為 ea；第二個元音是 ou，和 zealous 一樣。

jewellery

y 前面有個 er，說話時往往會省略。

美式拼法是 jewelry。

journey

第一個元音拼為 our。

● Tips ● 記住 How was y**our jour**ney?

judgment, judgement

m 前面的 e 可有可無。

knowledge

字首是 know。

● Tips ● 記住 **Know**ledge is what you **know**.

knowledgeable
g 後面有 e。

labyrinth
b 後面的元音是 y。

*lackadaisical
第一個 a 後面是 ck，d 後面的元音拼為 ai。

> **● Tips ●** 記住 If you **lack a dai**ly paper you are **lackadai**sical.

*lackadaisical 懶散

*lacquer
中間是 cqu。

*lacquer 漆器

language
u 在 a 前面，剛好和 gauge 這字裏面的順序相反。

*languor
字尾是 uor（不是 our）。

*languor 倦怠

laugh
元音拼為 au，最後的輔音拼為 gh。

league
字尾是 gue。

*lecherous
ch 前面沒有 t。

*lecherous 好色的

leisure
e 在 i 前面。

length

n 後面有個 g，説話時往往會省略。

liaise, liaison

這些字各有兩個 i。

● Tips ●　記住 **L**ouise **i**s **a**lways **i**n **s**ome **o**ld **n**ightdress.

library

y 前面有 ar，但説話時往往會省略。

litre

英式英語的字尾是 re，和 metre 一樣。美式拼法是 liter。

lustre

英式英語的字尾是 re。美式拼法是 luster。

maintenance

t 後面的元音字母是 e。

*mantelpiece

t 後面的字母是 el。

*mantelpiece 壁爐架

margarine

g 後面的元音字母是 a。這是 "g 在 a、o 和 u 之前時要發 '硬音'" 規則的例外。

marriage

age 之前有 i，和 carriage 一樣。

massacre

重複的 s，字尾則是 re。

● Tips ●　記住 A **mass** of crops in every **acre**.

mathematics

th 後面有個 e，説話時往往會省略。

● Tips ● 記住 I teach **them** ma**them**atics.

*meagre

英式英語的字尾是 re，美式拼法是 meager.

*meagre 貧乏的

medicine

d 後面是 i，説話時往往會省略。

messenger

ss 後面的元音字母是 e，和 passenger 一樣。

*minuscule

n 後面的元音字母是 u。

*minuscule 小寫字體

● Tips ● 記住這個字和 minus 有關。

miscellaneous

s 後面有 c，還有重複的 l。

● Tips ● 記住 Mis**cell**aneous **cell**s.

*misogyny

字尾是 gyny。

*misogyny 厭惡女人

money

m 後面的元音字母是 o，字尾是 ey。

*mongrel

m 後面的元音字母是 o。

🔹 Tips 🔹 　記住 A mongrel from Mongolia.

*mongrel 雜交動物

monkey

m 後面的元音字母是 o，字尾是 ey。

mystery

m 後面的元音是 y，字尾是 ery。

mystify

m 後面的元音是 y，和 mystery 一樣。

nausea

s 後面的元音字母是 e。

🔹 Tips 🔹 　記住 You might get nau**sea** at **sea**.

neither

e 在 i 前面，和相關字 either 一樣。

*neural, neurotic, neutral

字首是 neu。

*neural 神經中樞的

niece

i 在 e 前面。

nuisance

字首是 nui。

onion

第一個字母是 o。

ordinary

n 後面的 a 在說話時往往會被省略。

original

g 後面的元音字母是 i。

◑ Tips ◑ 記住 I ori**gin**ally ordered **gin**.

ornament

第一個 n 後面的元音字母是 a。

oxygen

x 後面的元音字母是 y，字尾是 gen，和 hydrogen 及 nitrogen 一樣。

*pageant

a 前面有個 e，所以 g 發軟音。g 前面沒有 d。

*pageant 選美

pamphlet

m 後面有 ph。

parachute

字尾是 chute。

paralyse

字尾是 yes，和 analyse 一樣。

particular

字首有 ar，字尾也有。

passenger

ss 後面的元音字母是 e，和 messenger 一樣。

peculiar

字尾是 ar。

penetrate

n 後面的元音字母是 e。

permanent

m 後面的元音字母是 a，n 後面的元音字母是 e。

● Tips ● 記住 A lion's **mane** is per**mane**nt.

persistent

字尾是 ent。

persuade

字首是 per，s 後面有 u。

phenomenon

中間部分是 nom，結尾是 non。

*pigeon

e 在 o 前面，所以 g 發軟音。g 前面沒有 d。

*pigeon 鴿子

pillar

有重複的 l，字尾是 ar。

*plagiarize

詞中間有 gi。

*plagiarize 抄襲

plague

字尾是 gue。

pneumonia

字首的 p 不發音，第一個元音拼為 eu。

● Tips ● 記住 **P**neu**m**onia **p**robably **n**ever **e**ases **u**p.

*pneumonia 肺炎

*poignant

　　g 在 n 的前面。

　　*poignant 辛酸的

prayer

　　字尾是 ayer。

prejudice

　　pre 後面的字母是 j。

　　🔵 Tips 🔵　記住 **Prej**udice is **prej**udging things.

*prerogative

　　p 後面有個 r，説話時往往會省略。

　　*prerogative 權利

prevalent

　　v 後面的元音字母是 a。

primitive

　　m 後面的元音字母是 i。

privilege

　　v 後面的元音字母是 i，l 後面的元音字母是 e。

　　🔵 Tips 🔵　記住 It is **vile** to have no pri**vile**ges.

protein

　　這是 "除了 i 前面是 c 之外，i 一定排在 e 前面" 規則的例外。

*provocation

　　v 後面的元音字母是 o。

　　🔵 Tips 🔵　記住這個字和 provoke 有關。

　　*provocation 挑釁

pursue
第一個 u 後面有個 r。

pyjamas
英式英語中，第一個元音字母是 y。美式拼法是 pajamas。

pyramid
第一個元音字母是 y。

*rancour
字尾是 our。
*rancour 仇恨

*recede
字尾是 cede，和 accede 及 concede 一樣。
*recede 退後

rehearsal
中間的元音拼為 ear。

● Tips ● 記住 I **hear** there is a re**hear**sal.

reign
字尾是 eign，和 sovereign 及 foreign 相同。

relevant
l 後面的元音字母是 e，v 後面的元音字母是 a。

religion
o 前面有 i，g 前面沒有 d。

reminisce
m 後面的元音字母是 i，字尾是 isce。
*reminisce 追憶

rhythm

字首是 rh，而這個字中唯一的元音字母是 y。

● Tips ● 記住 Rhythm **h**elps **y**ou t**o** **h**ear **m**usic.

righteous

字尾是 eous。

* rogue

字尾是 ogue，和 vogue 一樣。

*rogue 流氓

sacrifice

r 後面的元音字母是 i。字尾是 ice。

* sacrilege

l 後面的元音字母是 e，和 privilege 一樣。

*sacrilege 褻瀆聖物、不敬的行為

sausage

第一個元音拼為 au，後面接着單一的 s。

sceptic

在英式英語中，字首是 sc。美式拼法是 skeptic。

schedule

字首是 sch。

● Tips ● 記住 The **sch**ool **sch**edule.

science, scientific

字首是 sc。

scissors

字首是 sc，中間有重複的 s。

*scythe

字首是 sc，主要元音字母是 y，字尾有 e。

*scythe 長柄大鐮刀

secondary

d 後面有 a，說話時往往會省略。

secretary

t 前面的元音字母是 e，t 後面有 a，說話時往往會省略。

● Tips ● 記住 The **secret**ary can keep a **secret**.

seize

這是"除了 i 前面是 c 之外，i 一定排在 e 前面"規則的例外。

separate

p 後面的元音字母是 a。

● Tips ● 記住這個字內含 **par** 一字。

sergeant

第一個元音拼為 er，後面跟着 ge。

series

字尾是 ies。

serious

字尾是 ous。

several

v 後面有 e，說話時往往會省略。

shoulder

o 後面有 u。

sieve

i 後面有 e，另一個 e 在字尾。

> **Tips** 記住 A **sieve** is for **sif**ting **ever**ything.

similar

m 後面有個 i，說話時往往會省略，字尾是 ar。

simultaneous

n 後面有 e。

skeleton

l 後面的元音字母是 e。

> **Tips** 記住 Don't **let on** about the ske**let**on in the cupboard.

*sombre

英式英語中，這個字的字尾是 re。美式拼法是 somber。

*somber 昏暗的

somersault

第一個元音字母是 o，最後的元音拼為 au。

*somersault 筋斗

soothe

字尾有 e。

sovereign

字尾是 eign，和 foreign 及 reign 一樣。

> **Tips** 記住 A sove**reign reign**s.

spontaneous

第二個 n 後面有 e。

*squalor

字尾是 or（不是 our）。

*squalor 骯髒

*stealth, stealthy

e 後面有 a，和 wealth 及 wealthy 一樣。

*stealth, stealthy 鬼祟、秘密

stereo

r 後面的元音字母是 e。

● Tips ●　記住 Ster**e**o r**e**cords.

stomach

第一個元音字母是 o，字尾是 ach。

strength

n 後面有 g，說話時往往會省略。

supersede

字尾是 sede，和 accede、concede 或 exceed、proceed 都沒有關係。

surfeit

字尾是 eit，和 counterfeit、forfeit 一樣。

surgeon

g 和 o 中間有 e。

● Tips ●　記住 Surg**eo**ns give **e**ffective **o**perations.

surprise

p 前面有 r。

susceptible

第二個 s 後面有個 c。字尾是 ible。

sustenance

t 後面的元音字母是 e。

synonym

s 後面有一個 y，m 前面也有一個 y。

syringe

s 後面有一個 y。字尾是 ge。

tacit

中間的輔音字母是 c。

temperament, temperature

r 前面有 e，說話時往往會省略。
記着這些詞都和 temper 有關。

temporary

y 前面有個 ar，說話時往往會省略。

theatre

第一個元音拼為 ea，在英式英語中，字尾是 re。美式英語的拼法是 theater。

thorough

最後的元音拼為 ough。

through

元音拼為 ough。

tissue

中間有重複的 s，和 issue 一樣。

toffee

有重複的 f，字尾是 ee，和 coffee 一樣。

tongue

字尾是 gue，和 *harangue 一樣。

*harangue 高談闊論，大聲訓斥

tragedy

g 前面沒有 d。

● Tips ● 記住 I **raged** at the **traged**y of it.

twelfth

th 前面有個 f，說話時往往會省略。

typical

t 後面的字母是 y，和 type 一樣。

usual

第一個 u 後面的字母是 s。

● Tips ● 記住 **U**gly **s**wan **u**ses **a l**ipstick.

vaccinate

有重複的 c，和 access 及 accent 一樣。

vague

字尾是 ague。

vegetable

g 後面的元音字母是 e。

● Tips ● 記住 **Get** some ve**get**ables inside you!

*vehement

第一個 e 後面有個 h，說話時往往會省略。

*vehement 熱烈的

vehicle

有一個不發音的 h，後面接着 i。

*veterinary

t 後面有 er，説話時往往會省略。

*veterinary 獸醫

vogue

字尾是 ogue，和 rogue 一樣。

voluntary

t 後面有個 a，説話時常會省略。

vulnerable

n 前面有個 l，説話時常會省略。

weird

這是 "除了 **i** 前面是 **c** 之外，**i** 一定排在 e 前面" 的例外。

word

元音拼為 or。

worship

元音拼為 or。

wrath

w 不發音，元音字母是 a。

yacht

這是很少見的拼法：這個字的中間是 ach。

zealous

第一個元音拼為 ea；第二個元音是 ou，和 jealous 一樣。
記得這個字和 zeal 有關。

Index 索引

D

Q

R

商務印書館 📖 讀者回饋咭

請詳細填寫下列各項資料，傳真至2565 1113，以便寄上本館門市優惠券，憑券前往商務印書館本港各大門市購書，可獲折扣優惠。

所購本館出版之書籍：_____

購書地點：_____　姓名：_____

通訊地址：_____

電話：_____　傳真：_____

電郵：_____

您是否想透過電郵或傳真收到商務新書資訊？　1□是　2□否

性別：1□男　2□女

出生年份：_____年

學歷：1□小學或以下　2□中學　3□預科　4□大專　5□研究院

每月家庭總收入：1□HK\$6,000以下　2□HK\$6,000-9,999
　　　　　　　　3□HK\$10,000-14,999　4□HK\$15,000-24,999
　　　　　　　　5□HK\$25,000-34,999　6□HK\$35,000或以上

子女人數（只適用於有子女人士）　1□1-2個　2□3-4個　3□5個以上

子女年齡（可多於一個選擇）　1□12歲以下　2□12-17歲　3□18歲以上

職業：1□僱主　2□經理級　3□專業人士　4□白領　5□藍領　6□教師　7□學生
　　　8□主婦　9□其他

最多前往的書店：_____

每月往書店次數：1□1次或以下　2□2-4次　3□5-7次　4□8次或以上

每月購書量：1□1本或以下　2□2-4本　3□5-7本　2□8本或以上

每月購書消費：1□HK\$50以下　2□HK\$50-199　3□HK\$200-499　4□HK\$500-999
　　　　　　　5□HK\$1,000或以上

您從哪裏得知本書：1□書店　2□報章或雜誌廣告　3□電台　4□電視　5□書評/書介
　　　　　　　　　6□親友介紹　7□商務文化網站　8□其他（請註明：_____ ）

您對本書內容的意見：_____
_____

您有否進行過網上購書？　1□有　2□否

您有否瀏覽過商務出版網（網址：http://www.commercialpress.com.hk）？1□有　2□否

您希望本公司能加強出版的書籍：1□辭書　2□外語書籍　3□文學/語言　4□歷史文化
　　5□自然科學　6□社會科學　7□醫學衛生　8□財經書籍　9□管理書籍
　　10□兒童書籍　11□流行書　12□其他（請註明：_____ ）

根據個人資料「私隱」條例，讀者有權查閱及更改其個人資料。讀者如須查閱或更改其個人資料，請來函本館，信封上請註明「讀者回饋咭-更改個人資料」

香港筲箕灣
耀興道3號
東滙廣場8樓
商務印書館（香港）有限公司
顧客服務部收